# LE DERNIER ENFANT

**DU MÊME AUTEUR**
chez le même éditeur

*En l'absence des hommes*, roman
*Son frère*, roman
*L'Arrière-saison*, roman
*Un garçon d'Italie*, roman
*Les Jours fragiles*, roman
*Un instant d'abandon*, roman
*Se résoudre aux adieux*, roman
*Un homme accidentel*, roman
*La Trahison de Thomas Spencer*, roman
*Retour parmi les hommes*, roman
*Une bonne raison de se tuer*, roman
*De là, on voit la mer*, roman
*La Maison atlantique*, roman
*Vivre vite*, roman
*Les Passants de Lisbonne*, roman
*« Arrête avec tes mensonges »*, roman
*Un personnage de roman*, roman
*Un certain Paul Darrigrand*, roman
*Dîner à Montréal*, roman

PHILIPPE BESSON

# LE DERNIER ENFANT

*roman*

Julliard

© Éditions Julliard, Paris, 2021
ISBN : 978-2-260-05467-2
Dépôt légal : janvier 2021
Éditions Julliard – 92, avenue de France 75013 Paris

*À ma mère*

« La maison, c'est la maison de famille, c'est pour y mettre les enfants et les hommes, pour les retenir dans un endroit fait pour eux, pour y contenir leur égarement, les distraire de cette humeur d'aventure, de fuite qui est la leur depuis les commencements des âges. »
Marguerite Duras, La Vie matérielle

« Et l'on oublie les voix
Qui vous disaient tout bas les mots des pauvres gens
Ne rentre pas trop tard, surtout ne prends pas froid »
Léo Ferré, « Avec le temps »

C'était convenu comme ça.

Il avait bien essayé de négocier. Il avait dit : je peux me débrouiller, j'ai le permis maintenant. Mais ses parents n'avaient pas cédé : hors de question de lui confier un volant, c'était trop tôt, d'accord il l'avait obtenu, son permis, mais quelques semaines plus tôt seulement, son père n'avait pas confiance, et puis c'était le Kangoo du magasin ; imagine si tu l'emboutis. De toute façon, ses cartons, une fois sur place, il n'allait pas les monter tout seul. Quatre étages sans ascenseur, il ne se rendait pas compte. À trois, ça irait plus vite, ça serait moins fatigant. Théo avait obtempéré. Pas tellement le choix. Sa mère avait poussé un soupir de soulagement.

C'est de cette manière que le drame s'était noué.

# 1
# Le pavillon

Elle fera griller le pain de mie au dernier moment. C'est moins bon quand c'est grillé depuis trop longtemps, ça durcit, ça devient sec, on perd tout le plaisir de la mie chaude, moelleuse. En attendant, elle dépose les tasses et le bol sur la table de la cuisine, une cuiller dans chaque, tout le monde prend du sucre à la maison, le paquet de sucre tiens il ne faudrait pas l'oublier, elle ajoute le pot de confiture, de la confiture de fraises, la préférée de Théo, le paquet de céréales, la brique de lait, elle sort le beurre du frigo, ça le beurre il vaut mieux le sortir un peu en avance, sinon quelle plaie pour l'étaler après, et puis elle se recule légèrement pour contempler son œuvre. Elle veut être certaine que rien ne manque.

Elle se retourne vers la paillasse, glisse un filtre dans la cafetière, ajoute le café moulu, fait couler l'eau, remplit le récipient à bonne hauteur, continue de s'étonner que le verre soit si fin, si fragile, verse l'eau dans le réservoir et enclenche le bouton. Le tout lui a pris moins de trente secondes. Il faut dire que ces gestes, elle les connaît par cœur, elle les répète depuis des années, les accomplit machinalement, ne se trompe jamais, il paraît que certaines femmes oublient le café quelquefois, par accident, ont cette inadvertance, elle non.

Maintenant, elle peut redresser la tête, regarder par la fenêtre. Le gazon est impeccable, Patrick l'a tondu hier soir en rentrant du travail, il avait prévu de s'en charger aujourd'hui, en général il tond le dimanche matin, mais avec cette histoire de déménagement il s'est dit qu'il n'aurait pas le temps. La pelouse est délimitée, sur trois côtés, par une haie de buis et Anne-Marie s'aperçoit que des branches dépassent un peu, il faudra tailler tout ça, elle en parlera à son mari, il n'a pas dû s'en apercevoir hier. Sur le trottoir, personne, il est tôt encore, sur la route pas de voiture non plus, de toute façon, le dimanche, il ne passe jamais grand monde.

Levant les yeux, elle s'attarde sur un pan de ciel bleu et savoure cet instant de calme.

Et puis son regard est attiré par le bac de géraniums, là, juste devant, sur le rebord de la fenêtre : certaines fleurs font une sale tête et des feuilles ont jauni, il faudra qu'elle y mette bon ordre, les géraniums c'est elle, les fleurs c'est elle, depuis toujours.

Une précision : il ne lui vient pas à l'esprit que s'arrimer aux détails lui évite de flancher, et même de s'écrouler purement et simplement. Anne-Marie ne se dit pas des choses pareilles.

Bientôt trente ans qu'ils habitent ce pavillon. Elle ne se doutait guère, quand elle en a hérité, qu'elle y passerait autant d'années. Bien entendu, elle n'avait pas formulé les choses de la sorte, ni claironné : il n'est pas question de rester ici mais elle avait vingt ans, et à cet âge, on est persuadé qu'on vivra des chambardements, qu'on aura droit à des aventures nouvelles, qu'on ira voir ailleurs. Finalement, ça ne s'est pas produit. Mais au moins, sa maison est bien tenue et la pelouse est impeccable. Une fois que la haie sera taillée et les géraniums débarrassés de leurs feuilles mortes, ce sera parfait.

Son attention est rattrapée par le clapotis lointain, mais reconnaissable entre tous, de l'eau qui coule et éclabousse, venu de la salle de bains. Patrick prend sa douche. Elle croyait l'avoir laissé endormi tout à l'heure quand elle s'est glissée hors du lit. Il devait déjà être à moitié réveillé, il aura un peu traîné et finalement se sera levé. Son premier geste, c'est celui-ci, toujours : se diriger en automate vers la salle de bains, faire couler l'eau dans la douche, attendre quelques instants qu'elle soit chaude, presque brûlante, se placer sous le jet, faire mousser son gel Williams sur chaque partie du corps dans un ordre précis et immuable. Depuis qu'elle le connaît, il n'a jamais fait autrement. Même à l'hôtel, même en camping l'été. Là aussi, presque trente ans que ça dure, ce n'est pas maintenant que ça va changer. Mais quel mal il y aurait à avoir ses rituels ?

Théo, lui, dort encore, ça ne fait aucun doute. Il n'a jamais été du matin. Quand il était enfant, elle devait s'y reprendre à plusieurs fois pour qu'il sorte du lit, l'appeler et l'appeler encore, hurler son prénom dans la maison, glisser de la menace dans son intonation, il n'était pas rare qu'elle finisse par entrer dans sa chambre pour le secouer.

Adolescent, le rituel a un peu changé. Elle n'était plus autorisée à franchir la porte, par respect pour son intimité, seulement à frapper, quelquefois même à tambouriner. Elle entendait un grognement, un vague désordre, elle savait alors qu'il avait obtempéré. Pourtant, aujourd'hui, il ferait bien de ne pas traîner, il a pas mal de cartons à faire. Certes, les meubles volumineux ont déjà été déposés dans la semaine : un clic-clac livré par Conforama, une table et deux chaises apportées par son père, une armoire en kit qu'il faudra monter sur place. Toutefois, il reste les choses de la vie courante : ses vêtements, ses innombrables paires de baskets, ses bouquins, ses affiches, son ordinateur, sa guitare, sa console, plus la vaisselle qu'elle a mise de côté pour lui : assiettes, verres, casseroles, poêle, plus une couette et sa housse, et même une plante, un ficus, elle lui a assuré que ça égayerait son intérieur. S'il n'a pas pointé le bout de son nez d'ici une demi-heure, elle prendra la situation en main.

En attendant, Patrick apparaît dans la cuisine. Pas rasé ; c'est le seul jour de la semaine où il s'autorise cette liberté. Anne-Marie trouve que ça lui va bien, cette barbe d'un jour. Lui, il n'aime pas trop mais préfère encore ça à la corvée et au feu du rasage. Il s'assoit directement à la table, sans embrasser sa femme, sans même grommeler un bonjour. Avant, plus tôt dans leur vie, chaque matin, il déposait un bref baiser sur sa bouche, c'était leur moment à eux, mais les baisers se sont estompés et ont finalement cessé, elle ne saurait même plus dire quand. Le bonjour aussi s'est volatilisé. Patrick dit : on dort dans le même lit, on vit sous le même toit, ça sert à quoi de se dire bonjour, tu peux m'expliquer ? Il n'a pas tort. Quand même, elle appréciait cette convivialité, la regrette un peu.

Aussitôt, elle glisse les tranches de pain de mie dans le grille-pain. Et demande à son mari s'il a bien dormi. Ça, elle a encore le droit, alors parfois elle ne s'en prive pas. Surtout quand elle l'a senti agité pendant la nuit. Elle n'ignore pas qu'il a des soucis au magasin, à cause de ses responsabilités, qu'il lui arrive d'avoir un sommeil perturbé. Il répond invariablement oui. Il n'a pas envie de s'épancher. Pas envie non plus de laisser penser que ses soucis le rattrapent en son inconscient. Mais Anne-Marie, ça ne l'empêche pas de poser la question. C'est sa façon à elle de lui témoigner de

*Le dernier enfant*

l'affection, de dire : je suis là pour toi, à tes côtés, sans avoir à prononcer des mots pareils, des mots qui résonneraient bizarrement.

Elle verse le café dans sa tasse. N'allez pas croire qu'elle serait sa bonne à tout faire, une épouse soumise ou je ne sais quoi. Non, là aussi, les rôles ont été distribués, elle verse le café, n'y voit pas d'inconvénient, c'est plus simple, à quoi ça servirait de s'interroger tous les matins, ou de s'y coller chacun son tour. Il dit merci. Elle remplit sa propre tasse. Retire le pain de mie qui a grillé. Elle se brûle le bout des doigts, c'est immanquable, mais elle n'a jamais su s'y prendre autrement, elle jette presque les tranches dans la petite panière qu'elle dépose sur la table. Alors ils peuvent beurrer, manger, avant d'avaler leur café. Le plus souvent en silence. Patrick n'est pas très causant à cette heure-là. Quelquefois pourtant ils parlent du temps qui est prévu, du barbecue auquel les voisins les ont invités, des études du petit. En revanche, ils n'allument pas la radio, ni la télé. Ils n'ont pas envie, si tôt, d'être agressés par le dehors, le monde extérieur, avec ses catastrophes. Il sera toujours temps le soir, à huit heures, de regarder le journal, d'apprendre les crimes, les attentats, les intempéries, les polémiques, les épidémies.

Ce matin, Patrick demande s'ils ne devraient pas aller réveiller Théo, il y a plus de travail que ça en a l'air. Après, il faudra faire la route, monter les cartons. Et puis il connaît Anne-Marie : à tout coup, elle ne voudra pas repartir dans la foulée, elle proposera de défaire les cartons, de manger un morceau tous ensemble en fonction de l'heure. Ensuite il y aura le trajet du retour. La journée va être chargée, il ne faut pas croire. Et Patrick ajoute : « Comme si on n'avait que ça à faire. Comme si on ne bossait pas toute la semaine. » Alors qu'en réalité, il n'aurait pas pu envisager de laisser son fils se débrouiller seul. Il estime que les pères, ça sert à ça, aider les fils dans des moments comme ceux-là. Il l'amenait au foot, quand il était minot. Lui a appris à jouer aux boules, au camping. Lui a montré comment on conduit une voiture, comment on passe les vitesses, comment on débraye, freine, avant qu'il s'inscrive à l'auto-école. Et maintenant, il l'aide à déménager. C'est tout.

Anne-Marie est d'avis qu'ils accordent à leur fils un délai de grâce. Il est rentré tard la nuit dernière. Il s'est rendu à une fête avec ses copains du quartier. Une fête qui ressemblait à un au revoir même s'il s'est refusé à la présenter comme telle. Car Théo s'en va mais ses amis restent, eux. Bien entendu, ils ont dû se promettre de s'appeler, de se retrouver le week-end, ils ont dû assurer que rien n'était changé mais au fond, ils devinaient forcément que rien ne serait plus vraiment pareil. Ça ne les a pas empêchés de s'amuser, il n'y a pas grand-chose qui pourrait les empêcher de s'amuser, disons que l'ambiance était probablement un peu différente. Enfin, c'est Anne-Marie qui fait la supposition. Si ça se trouve, ils n'y ont même pas réfléchi. Les jeunes n'ont pas tellement d'accès de nostalgie, ils ne connaissent pas vraiment la mélancolie, ils ne savent pas la chance qu'ils ont. Patrick tranche : « On le réveille dans un quart d'heure, on n'est pas à sa disposition non plus. »

Elle botte en touche : « Si tu as le courage, il y a les haies à tailler, ça ne te prendra pas longtemps, c'est juste que ça déborde un peu. » Il jette un coup d'œil par la fenêtre et acquiesce. Quelques instants plus tard, il est déjà en train de se diriger vers la remise pour récupérer ses outils et faire le nécessaire. Elle se doutait qu'il aurait besoin de s'occuper, les mains, l'esprit. Sinon il tourne vite en rond. Et d'être obligé d'attendre le lever de son fils l'agace forcément un peu. Elle le regarde s'activer. D'accord, il n'est pas bavard, son mari, pas très démonstratif, mais il est gentil. De nos jours, on prétend que c'est un gros mot, la gentillesse, mais pas elle. Elle se répète qu'elle a de la chance d'être tombée sur un homme qui possède cette qualité. C'est d'ailleurs ce qui lui avait plu chez lui quand ils se sont rencontrés. À l'époque, ses amies lui avaient dit : OK, il est serviable, Patrick, attentionné si tu préfères, mais avoue qu'il est plan-plan, tu pourrais t'en dégoter un qui serait plus marrant. Elle se rappelle cette expression : plus marrant.

Confite dans ce curieux souvenir, elle devine un mouvement dans son dos. Quand elle se retourne, Théo est là. Et ça lui fait comme une commotion, au point qu'elle sursaute, bien malgré elle. C'est malin de se pointer sans prévenir ! Pour masquer sa surprise et sa ridicule frayeur, elle énonce une banalité, une évidence : « Déjà réveillé ? » Il explique l'anomalie : « J'avais mis mon téléphone à sonner. » Elle est stupéfaite qu'il y ait pensé mais il est vrai que la journée est particulière. Elle dit : « Je te fais griller du pain ? » Il dit : « C'est pas de refus. »

Elle le détaille tandis qu'il va prendre sa place : les cheveux en broussaille, le visage encore ensommeillé, il porte juste un caleçon et un tee-shirt informe, marche pieds nus sur le carrelage. Pas à son avantage et pourtant d'une beauté qui continue de l'époustoufler, de la gonfler d'orgueil. Et aussitôt, elle songe, alors qu'elle s'était juré de se l'interdire, qu'elle s'était répété non il ne faut pas y songer, surtout pas, oui voici qu'elle songe, au risque de la souffrance, au risque de ne pas pouvoir réprimer un hoquet, un sanglot : c'est la dernière fois qu'il apparaît ainsi, c'est le dernier matin.

Et immanquablement, elle est renvoyée à tous les matins qui ont précédé, ceux des balbutiements et ceux de l'affirmation, les matins d'école et les matins de grasse matinée, les matins d'hiver dans la lumière électrique et les matins d'été comme celui-ci, les matins malades et les matins en vacances, les pacifiques et ceux du mauvais pied, combien y en a-t-il eus, il serait facile d'établir le compte exact, mais elle redoute que le compte exact ne lui donne le vertige, tous ces matins, qu'il pleuve ou qu'il vente, elle était présente et c'est fini, ça s'arrête ici, ça s'arrête maintenant. Elle lui sourit et il fait semblant de ne pas discerner la tristesse dans son sourire.

En attendant que les tranches de pain de mie veuillent bien sauter, elle demande : « C'était bien, hier soir ? » Il la dévisage, comme s'il ne comprenait pas sa question, ou comme s'il avait occulté qu'il y avait eu un hier soir. Elle précise : « La fête. » Il marmonne : « Ah ça… » Il enchaîne : « Ça se passait chez Émilie, ses parents n'étaient pas là, un anniversaire de mariage ou un truc dans le genre, on avait la maison pour nous, donc c'était cool. » Et s'interrompt. Elle imaginait qu'il allait lui fournir des détails, nommer les participants, livrer des anecdotes, raconter l'atmosphère générale mais le « c'était cool » est voué à offrir le résumé le plus juste, visiblement. Elle joue les mères : « Vous n'avez pas trop bu, j'espère. » Et aussitôt, elle s'en veut d'avoir prononcé cette phrase, qui fait d'elle quelqu'un de démodé et d'assommant, et qui est tellement machinale, tellement automatique mais précisément, le réflexe l'a emporté, la phrase est sortie, désormais c'est trop tard. Il bafouille : « Pas trop, non. » Au moins, se rassure-t-elle, j'aurai joué les mères jusqu'au bout. Les tranches de pain de mie sautent, apportant une diversion bienvenue.

Elle les dépose à côté du bol et se trouve brusquement encombrée de son corps. Elle ne va pas rester là, devant lui, à le regarder manger, il jugerait ça curieux, embarrassant, et, en même temps, elle n'a pas envie de l'abandonner dans cette circonstance si singulière, elle ne voudrait pas qu'il aille penser : mes parents m'ont laissé petit-déjeuner tout seul le jour où je quittais la maison, non mais vous vous rendez compte ? Ils auraient pu organiser quelque chose de spécial et non seulement ils n'ont rien organisé de spécial mais en plus ils se sont occupés de leurs affaires plutôt que de s'occuper de moi. Soudain, elle se dit que oui, ils auraient peut-être dû célébrer le caractère exceptionnel de la situation, à la fois pour le souligner et pour le tourner en dérision, en allant chercher une montagne de viennoiseries, en allumant des bougies comme pour un anniversaire, en jetant des confettis, après tout, pourquoi pas, Théo aurait trouvé ça idiot, déplacé mais, à la fin, allez, il aurait été content, et surtout ils auraient à la fois marqué le coup et éloigné la morosité. Répugnant à toute solennité, à toute sensiblerie, à toute audace, elle a préféré s'en tenir aux habitudes. Pire, elle n'y a tout simplement pas songé. Maintenant, elle s'en veut un peu.

Ce regret la pétrifie sur place. Prenant conscience de son immobilité, elle s'empare des deux tasses que Patrick et elle ont utilisées et fait couler l'eau pour les laver. Ainsi, elle justifie sa présence. Théo ne relève pas sa précipitation. Ou alors il s'emploie à se comporter comme si tout était normal. La preuve : il se penche négligemment vers l'écran de son téléphone portable (ce téléphone qui est une extension de son bras) et ne tarde pas à sourire en contemplant ce qui s'y affiche. L'observant du coin de l'œil, Anne-Marie présume qu'il est en train de consulter des photos de la veille qu'on lui aurait envoyées ou ces fameuses stories que les jeunes publient sur Instagram, elle n'a jamais vraiment compris de quoi il s'agissait, elle a seulement admis que ça les occupait beaucoup, elle songe que se racontent là des vies qui sont des mystères pour elle et dont elle est tout à fait exclue.

Mais c'est pire juste après. Voilà qu'ayant remisé son portable, Théo se met à tourner sa cuiller dans son bol de céréales, lentement, comme il l'a toujours fait, à la racler interminablement contre la paroi en grès, et ce bruit si familier la ramène à nouveau aux années partagées. Il n'y a pas si longtemps, son fils jouait à ses satanés jeux vidéo dans sa chambre, elle entendait les bruits de laser, les coups de feu, les explosions. Il n'y a pas si longtemps, il téléphonait à ses amis en arpentant le jardin, certains débarquaient à l'improviste, ils s'enfermaient ; parmi eux, une petite copine peut-être, elle ne sait pas, elle n'a jamais demandé, elle a fait attention bien sûr, aux gestes, aux regards mais n'a rien remarqué de probant. Il n'y a pas si longtemps, il se vautrait sur le canapé et tournait paresseusement les pages d'un magazine. Il n'y a pas si longtemps, ses chaussettes traînaient sur la moquette de sa chambre, le panier à linge débordait de ses affaires. Dorénavant, plus rien ne traînera. D'ailleurs, elle s'attellera, dès ce soir, à ranger la chambre, à faire le lit, à passer l'aspirateur. Et ses vêtements, elle ne les récupérera que lorsqu'il n'en pourra plus d'aller au Lavomatic en bas de chez lui. Dans le frigo, il y avait les canettes de Coca qu'elle achetait spécialement pour lui. Dorénavant, elle achètera du Coca uniquement pour les week-ends où il reviendra. Anne-Marie laisse échapper une tasse. Mais celle-ci, Dieu merci, ne se brise pas.

Elle le reconnaît, elle n'a pas éprouvé pareille détresse quand ses deux autres enfants sont partis. Julien, le premier, quand il s'est installé avec la jeune femme qu'il a fini par épouser. Et Laura quand elle a élu domicile à Madrid. Les choses lui avaient semblé naturelles alors, le départ s'est produit presque sans qu'elle s'en aperçoive. Il faut dire que Julien fréquentait sa compagne depuis près de deux ans, il était logique qu'ils s'installent ensemble, et d'ailleurs ça l'avait rassurée, Anne-Marie, son aîné était casé et ce n'était pas une mince affaire tant il avait été un adolescent turbulent, puis un jeune homme papillonnant, et tant son entrée dans la vie active avait été chaotique. Quant à Laura, elle effectuait si souvent des allers-retours en Espagne pour son travail que, lorsqu'on lui a proposé un poste fixe là-bas, à vingt-quatre ans rendez-vous compte, elle a accepté sans hésiter et toute la famille l'a félicitée. Pourquoi faut-il donc que l'envol de Théo lui soit si douloureux ? Elle croit à une explication simple : Théo part s'installer dans la ville voisine, dans un studio de vingt-deux mètres carrés, à côté de la fac où il a été admis et elle se demande encore pourquoi il n'est pas plutôt resté à la maison : c'est plus grand, la maison, et il n'aurait pas eu à acquitter de loyer, donc pas eu à dénicher ce petit boulot pour se le payer et il aurait pu se rendre en voiture à l'université, c'est d'ailleurs la raison pour laquelle il a passé son permis au printemps, franchement c'était plus commode, qu'avait-il besoin de se compliquer l'existence ? Et puis, il va découvrir ce que c'est que de vivre dans vingt-deux mètres carrés, et de devoir se faire à manger, il n'a pas idée, là tout de suite il est persuadé que c'est formidable, que c'est la liberté, l'indépendance, même si évidemment il ne l'a pas présenté comme ça, il a dit que se coltiner le trajet tous les jours ce serait crevant, tu parles, des craques oui, mais il va rapidement déchanter, elle en connaît un qui va moins faire son fier. Oui, c'est une explication simple, et qui lui convient.

Il y en a une autre, encore plus simple, mais qu'elle rechigne à formuler : Théo est le petit dernier et perdre le petit dernier est tout bonnement une dévastation, un anéantissement.

Il se lève mollement et lance : « Bon, je vais finir mes cartons. » Comme s'il les avait commencés ! Ce n'est pas faute pourtant de lui avoir demandé tout au long de la semaine de trier dans son bazar, de jeter tout ce qui ne lui servira plus à rien, ses cours de terminale par exemple, de préparer des piles, d'en profiter pour ranger et nettoyer un peu, mais sa légendaire capacité à tout remettre à plus tard l'a emporté. Elle le sait : elle est allée vérifier dans sa chambre, juste après son départ pour la fête ; rien n'est prêt, absolument rien. Sur le moment, elle s'était promis de lui en faire la remarque au petit déjeuner, elle a renoncé, à quoi bon se disputer, à quoi bon pleurer sur le lait versé, sa mère employait souvent cette formule, cette journée s'annonce déjà assez pénible, on ne va pas rajouter des tensions, et surtout elle ne va pas changer son fils.

Elle n'aura pas réussi son coup avec ses garçons : que ce soit l'aîné ou le cadet, ils sont aussi flemmards et velléitaires l'un que l'autre, oh pas méchants, pas méchants du tout, mais nonchalants. Elle les appelle joliment « mes flâneurs ». Alors que sa fille est une championne de l'organisation, et toujours entreprenante, toujours sur la brèche, travailleuse.

Ce n'est pas pour se vanter mais sa fille tient d'elle. Patrick, cependant, temporise chaque fois qu'elle s'en gargarise : ta fille, si elle est comme ça, c'est parce que tu ne lui as rien passé et tes fils, s'ils sont comme ça, c'est parce que tu leur as tout passé. En résumé, il l'accuse d'avoir été exigeante avec Laura et coulante avec ses frères. C'est peut-être vrai. Elle serait disposée à concéder une légère différence de traitement. Mais ce qui est certain, c'est que ce n'était pas lié à leur genre. Simplement Julien était le premier, elle ne savait pas comment s'y prendre, elle n'a pas voulu ou pas su imposer des règles, elle avait peur de le traumatiser et elle était encore tout émerveillée, gaga comme on l'est souvent dans ces cas-là. Et Théo était le dernier, arrivé huit ans après sa sœur, alors oui sans doute qu'elle l'a un peu gâté, qui lui en fera le reproche ? Patrick se marre quand elle présente les choses de cette façon : il persiste à affirmer que c'est bien une question de genre. Il affirme que les mères et les filles, c'est d'éternité une histoire de rivalité, de mésentente, ou bien les mères veulent que leurs filles s'imposent plus tard et elles les entraînent à une certaine dureté, au moins à une certaine solidité. De surcroît, il considère que les mères aiment trop leurs fils. Elle lui a expliqué que son raisonnement était très réducteur, que ses généralités étaient... des généralités, il n'en a jamais démordu. Avec tout ça, Théo n'a pas commencé à préparer ses cartons.

Elle-même doit s'occuper de la vaisselle à mettre de côté. Ça ne lui prendra pas longtemps, elle sait déjà quelles assiettes, quels bols, quels verres, quels ustensiles elle lui donne. Elle en a tellement, des assiettes, des bols, des verres, des ustensiles. Ils se sont ajoutés, entassés avec les années parce qu'elle répugne à jeter quand ça peut encore servir. Elle ne risque pas de se retrouver à court ! Depuis le début de la semaine, elle a veillé à conserver chaque édition du journal que Patrick lit le matin pour envelopper le tout, c'est que c'est fragile, ces choses-là, ce serait trop bête que ça se casse pendant le transport.

La voici donc affairée à emmailloter précautionneusement sa vaisselle. Et, ce faisant, à manipuler celle qu'elle a trouvée dans la maison quand elle en a hérité. Elle ne s'attendait pas à en devenir la propriétaire, évidemment. Il avait fallu un accident de voiture, sur une route toute droite, à la sortie de la ville pour qu'il en fût ainsi. Un camion qui n'avait tout simplement pas marqué l'arrêt à un carrefour, un court moment d'inattention de la part d'un chauffeur étranger, épuisé par les heures de route, et la mort lui avait enlevé ses parents. Le notaire lui avait dit : vous pouvez revendre la maison mais ce serait un peu bête, il ne reste pas beaucoup de traites à payer. De son côté, elle avait songé : j'ai déjà perdu ceux que j'aimais, je ne vais pas en plus perdre le lieu qui me rattache à eux. Elle avait gardé la maison, et la vaisselle qui allait avec. Ces verres, par exemple, ces verres tout simples, en pyrex, lui viennent de ses parents. Ils seront utiles à Théo.

Son attention est logiquement attirée par ce qui est écrit dans les journaux qu'elle utilise comme papier d'emballage. On y parle de la rentrée scolaire, de travaux sur la nationale, de la découverte dans une poubelle du cadavre d'un nouveau-né, d'un match de football, d'une alerte aux orages. Néanmoins, elle ne s'attarde sur rien en particulier. Elle est juste perturbée par le bébé mort, elle pense à la folie de certaines mères, ou à leur désespoir mais n'a pas la force de chercher à en savoir davantage, elle a bien le droit de vouloir se tenir à l'écart du malheur.

*Le dernier enfant*

Quand Patrick regagne la maison, elle lui apprend que leur fils est levé et à pied d'œuvre. Il tourne les paumes de ses mains vers le ciel comme pour signifier qu'un miracle est survenu. Il se moque (gentiment) de Théo mais, en réalité, elle en est convaincue, il est aussi triste qu'elle de son départ. Jamais il ne l'avouera, bien entendu. Il ira même jusqu'à prétendre que ça lui fera du bien, que ça le fera grandir, il clamera qu'il était temps qu'il quitte les jupons de sa mère, parce que ça vous fait des femmelettes, des fois, ces garçons qui ne savent pas couper le cordon ombilical, mais, au fond, c'est pour lui le même déchirement.

# 2
# L'aller

Deux heures plus tard, tous les cartons sont enfin prêts et peuvent être chargés dans le Kangoo.

Au magasin, le directeur a dit oui tout de suite quand Patrick a demandé s'il pouvait l'emprunter pour une journée. On ne refuse pas un service à un chef de rayon aussi méritant. Patrick lui-même n'a pas été surpris : si, au bout de trente années d'ancienneté, on ne pouvait pas bénéficier d'une légère entorse au règlement, d'un petit traitement de faveur, ce serait à désespérer de la fidélité. Mais il est bien résolu à faire très attention : pas question de salir le véhicule, encore moins de l'endommager. En conséquence, il donne des directives très fermes à son fils, qui aurait sans doute préféré une discipline moins militaire et qui ne comprend pas très bien pourquoi il y a lieu de se réjouir tellement du prêt d'une camionnette fatiguée. De surcroît, le passe-droit accordé par le directeur ressemble quand même beaucoup à l'aumône consentie par le hobereau au manant.

Le coffre a été rapidement rempli si bien qu'il a fallu entasser les derniers cartons sur la banquette arrière. Résultat, Théo et sa mère doivent partager le siège passager pendant le temps du trajet. Ils font mine de ne pas être affectés par cette proximité mais, en vérité, elle dérange le fils et enchante la mère.

Car Anne-Marie a toujours aimé quand son fils se blottissait contre elle. Ses deux autres enfants aussi, elle aimait les sentir tout près, mais Théo davantage encore. Le soir, quand ils regardaient la télévision, il venait naturellement se presser contre son flanc, il recherchait sa chaleur, ou la rondeur de ses hanches, ou l'odeur de sa chevelure, ou il chassait ses peurs, et c'était devenu un réflexe. Le père voyait ça d'un mauvais œil mais avait cessé de lutter, s'était accommodé de cette communion étrange. Le cérémonial a duré longtemps, ne cessant que lorsque Théo est entré au lycée, à quinze ans,

sans doute devait-il estimer qu'il était devenu
« un grand » et les grands ne se lovent pas contre
leur mère, ils s'en éloignent au contraire, ils s'en
affranchissent. Elle avait vu ce détachement se
produire, un soir, brutalement, et n'avait rien dit.
Elle avait supposé alors qu'il avait dû avoir une
conversation le jour même avec un camarade ou que
cette question de la proximité des mères et des fils
avait été abordée et Théo s'était rendu compte qu'il
était le seul à la maintenir, on s'était moqué de lui,
il avait eu honte, s'était défendu maladroitement,
quelque chose comme ça. Elle ne s'était pas
offusquée de cette ostensible prise de distance – il
était normal qu'ils se délient désormais –, elle avait
juste ressenti un petit pincement au cœur. C'était
terminé, ça ne reviendrait plus. Désormais, quand
ils repasseraient la série des *Sissi impératrice* ou
celle des *Don Camillo*, il ne serait plus là, elle
ne verrait que le vide, la béance, elle sentirait le
froid. Et voilà qu'à la faveur de ce déménagement,
pendant le court moment d'un trajet en voiture, elle
renoue avec l'intimité d'avant. Bien sûr, le contact
est forcé, inconfortable, et elle devine que Théo sera
satisfait de s'en déprendre dès qu'ils seront parvenus

à destination, mais bon, ça existe, ça a lieu, c'est une réminiscence d'enfance inespérée à l'instant de la séparation.

Patrick, de son côté, est renvoyé à d'autres souvenirs : « Ça ne vous rappelle pas quand on partait en vacances ? On était serrés comme des sardines dans la Xantia parce que ta mère ne pouvait pas s'empêcher d'emporter des tonnes de trucs, des valises bourrées de vêtements comme si on s'absentait pour des mois et des sacs débordant de nourriture comme si on devait tenir un siège. » Anne-Marie est un peu surprise d'être montrée du doigt alors qu'elle n'a rien demandé et Théo sourit dans sa moustache encore naissante. Il est exact qu'elle ne lésinait pas sur les paquetages et, du coup, en effet, les enfants devaient se serrer à l'arrière et elle-même parfois se retrouvait à devoir poser les pieds sur un balluchon qui débordait. Il lui importait que la famille puisse s'adapter à des conditions météorologiques changeantes, d'où les anoraks voisinant avec les maillots de bain. Et elle préférait acheter des pâtes et du papier W.-C. en grande quantité à son Leclerc où c'était moins cher plutôt que dans la supérette locale qui n'hésitait pas à arnaquer les touristes. Elle referait pareil si c'était à refaire.

Théo qui a aperçu l'air contrit de sa mère et l'air triomphant de son père décide de venir en aide à la première. « Je te ferai remarquer que, dans la caravane aussi, on était les uns sur les autres. » Et, devant ce coup bas, le sourire du conducteur, aussitôt, s'estompe. « Je devais dormir avec Laura dans un lit rabattable de cent vingt, je vous rappelle. Et comme il n'y avait pas de place pour Julien, il devait installer sa tente sur le côté. » Soudain, les conditions de leur cohabitation estivale leur reviennent à tous, au même instant : c'est vrai qu'ils se sentaient à l'étroit.

Mais c'étaient les seules vacances qu'ils pouvaient se permettre, comme le répétait le père. Et puis, il y avait la plage, la mer, ajoutait-il, ça compensait. Anne-Marie finissait même par trouver du charme à leur promiscuité. C'était ça, les vacances, être ensemble, les uns avec les autres, les uns sur les autres, oui, comme Théo l'a dit, tout partager, ne plus être séparés par des cloisons, des habitudes.

Ils partaient aux aurores, parfois même avant huit heures, alors qu'ils n'avaient grosso modo que deux heures de route. Patrick y tenait. Il détestait se retrouver dans les bouchons, détestait rouler par grosses chaleurs, il tenait à arriver avant les autres pour pouvoir choisir son emplacement, et comme ça le premier jour, bien avant midi, tout était installé, la caravane, l'auvent, la table et les chaises pliantes, la bonbonne de gaz, le réchaud, la tente de Julien, ils pouvaient profiter de l'après-midi, sinon ça faisait une journée de perdue, et, quand tu es en vacances, tu ne vas pas perdre une journée quand même. Tout de suite, ils installaient leurs rituels : le matin, la queue aux douches, puis le marché sur la place de l'église pour faire les courses, Anne-Marie tenait aux produits frais, la Maison de la Presse pour acheter le journal et les Gauloises bleues, éventuellement une promenade en ville, retour au camping, partie de boules avec une poignée d'habitués, déjeuner sous l'auvent, la queue à la vaisselle, puis direction la plage, ils emportaient les serviettes, les parasols, les crèmes solaires, le transistor pour écouter les étapes du Tour de France, des mots croisés, ça c'était pour Anne-Marie, la glacière histoire d'avoir toujours des boissons fraîches et même un en-cas, sur le coup de dix-huit heures ils retrouvaient le camping, les gamins avaient le droit de faire un saut à l'Escale, le seul endroit à des kilomètres à la ronde équipé de bornes d'arcade, pendant ce temps on préparait l'apéro, on découpait du saucisson, on sortait le Ricard, on profitait de la douceur, et il n'était pas rare qu'on aille chez l'un chez l'autre, on parlait de la pluie qu'on annonçait pour le lendemain, des impôts qui étaient trop élevés, des coulées de boue dans un village de montagne, d'une guerre lointaine qui pourrait bien finir par débarquer chez nous et on trinquait. Le dîner se prenait tard. On n'avait pas la télé, alors il fallait bien occuper les soirées. Les enfants pouvaient se coucher à pas d'heure. Quand Julien avait eu dix-huit ans, il avait cessé de venir. Laura avait abdiqué, l'année d'après, au même âge donc. Sur les derniers temps, il ne restait plus que Théo et ses parents. Patrick disait à son fils : de quoi tu te plains, t'as le lit pour toi tout seul. Là, tout de suite, à l'avant du Kangoo, la cuisse coincée contre la boîte de vitesses, et l'épaule écrasée contre celle de sa mère, Théo aurait plutôt un début de nausée.

Quand ils démarrent, le père lance : « Au moins, on n'aura pas de camions. » Comme personne ne relève, il précise : « C'est dimanche, ils ne roulent pas. » Le mutisme persiste, qu'il prend pour une marque de respect à l'égard de sa pertinente observation, l'approbation de sa clairvoyance. Si la circulation est fluide, le temps, lui, est un peu incertain. Les températures commencent à baisser. Pourtant, ils ont souvent de belles arrière-saisons dans la région. Anne-Marie ne peut s'empêcher de regretter à voix haute cette météo hésitante. Ce à quoi Patrick rétorque : « Il vaut mieux ça. Tu te vois décharger des cartons et monter des escaliers par des trente degrés ? »

Et puis le silence s'installe. Vaguement embarrassé, compte tenu de leur entassement dans la camionnette. Pour autant, personne ne songe à allumer la radio, à remplir l'habitacle de chansons ou de flashs d'information. C'est à se demander si l'embarras n'est pas un passage obligé. S'il ne doit pas faire partie du voyage.

C'est finalement la sonnerie d'un texto qui vient déranger ce calme étrange et accepté. Une sonnerie à laquelle chacun est habitué désormais mais qui, dans ces circonstances, surgit comme une incongruité ou un gros mot. Théo, forcément Théo – qui écrirait à ses parents ? –, a reçu un message. Du reste, il extrait aussitôt son portable de la poche de son jean pour le consulter. Anne-Marie, franchement, n'est pas intrusive, son fils pourrait en attester, mais elle a, malgré tout, le réflexe de lorgner vers l'écran du téléphone. La proximité est trop grande. Voilà l'explication qu'elle pourrait faire valoir s'il s'apercevait de son indiscrétion. Alors qu'en vérité, la tentation a, tout simplement, été trop forte. Elle a délibérément inspecté l'écran.

Inspecter l'écran, cela signifie : je surveille ton existence car, en cette journée, tu es toujours sous ma responsabilité.

Ou bien : je connais sans doute la personne qui t'écrit, nous pourrons parler d'elle, ça nous fera un sujet de conversation.

Ou alors : tu m'échappes, te fliquer c'est t'avoir encore un peu à moi.

Ou enfin : il y a dorénavant tant de gens, tant de choses dans ta vie qui n'appartiennent qu'à toi et ça va aller en empirant et ça me désespère.

Sans doute tout cela à la fois.

Théo ne prend pas la peine de répondre et en profite, maintenant qu'il tient son téléphone, et parce qu'il n'y a pas grand-chose à faire dans cette bagnole, pour basculer sur une de ses applis, un jeu vidéo. Le message (que sa mère n'a pas eu le temps de déchiffrer) ne devait pas être si important. L'expéditeur (un ou une Domi, qu'elle ne situe pas) ne devait pas être si important. Le silence reprend ses droits. L'inconfort aussi. Par intermittence, Anne-Marie jette un œil au jeu vidéo : il s'agit visiblement de dégommer le maximum d'ennemis avec une arme qui peut cracher un nombre hallucinant de balles, et ce dans un décor apocalyptique. Question de génération : elle, pour sa part, s'est contentée d'installer sur son portable un jeu de tarot auquel elle s'adonne quelquefois, la semaine, pendant ses pauses, pour s'occuper les mains, elle qui ne fume pas, et pour s'occuper l'esprit.

Puis elle regarde la route défiler et se rend compte qu'elle ne lui est pas si familière. Pourtant, la ville n'est qu'à une quarantaine de kilomètres mais, en réalité, elle s'y rend rarement. Elle n'en a pas tellement le temps et pas vraiment la nécessité. Elle travaille toute la semaine au magasin et ils ont tout ce dont ils ont besoin sur place. Quand et pourquoi elle partirait en vadrouille ? D'accord, ils n'ont pas de cinéma mais ils n'y vont jamais au cinéma, Patrick n'aime pas ça, il n'aime pas tellement sortir, et puis les films on les a au bout de six mois à la télé, alors à quoi ça sert, tu peux m'expliquer ?

Elle s'attarde sur des champs à perte de vue, des vignes qui n'attendent que les vendanges, avant qu'ils n'empruntent la quatre-voies. Elle aperçoit alors une maison abandonnée qui s'écroule, dont les murs encore debout sont dévorés par le lierre, se demande qui a bien pu habiter là, imagine que les propriétaires n'avaient pas d'héritiers ou que ceux-ci n'ont pas voulu d'un fardeau pareil. Puis des sorties, des bifurcations mènent vers des bourgs où elle ne se rend pas davantage. À mesure qu'ils approchent de leur destination, des usines, des entrepôts, des hangars, un centre commercial, des panneaux publicitaires envahissent le paysage. Elle se désole de la laideur des proches banlieues mais s'interdit d'en faire la remarque. Elle ne voudrait pas qu'on croie qu'elle accable ceux qui y habitent. Ni surtout que son fils aille penser qu'elle lui reproche de chercher à vivre dans un environnement aussi peu engageant. Cependant, même en n'exprimant rien, Théo a parfaitement saisi que sa mère ne comprend toujours pas pourquoi il a choisi d'abandonner un cocon pour une ville aux abords si disgracieux, si bruyants, si désordonnés.

Quand ils s'engouffrent dans la ruelle où il va désormais habiter, tous constatent au même instant qu'il n'y a pas de place libre où se garer. « Ça commence bien », grommelle Patrick. Anne-Marie connaît par cœur les agacements de son mari au volant : quand la circulation est ralentie ou bloquée, quand des conducteurs ne respectent pas les interdictions ou les priorités, quand des livreurs stationnent au milieu de la rue, quand des vélos surgissent de n'importe où, quand des piétons traversent en dehors des clous juste devant sa voiture, quand des feux sont trop longs, quand des gendarmes « organisent » le trafic ; les occasions de râler ne manquent pas. Elle ne s'y est jamais vraiment accoutumée, se demandant à quoi sert de s'emporter contre des événements sur lesquels on n'a aucune maîtrise, cependant elle se force à ne pas intervenir et ne s'emploie même pas à calmer son courroux, ce serait comme jeter de l'huile sur le feu.

D'autant que Patrick a tendance, sur le sujet, à se montrer d'une suffocante mauvaise foi avec son épouse. La preuve en est que son irritation atteint des sommets quand c'est elle qui conduit. À chaque carrefour, il lui rappelle qu'elle doit freiner. Quand le feu repasse au vert, il lui signale qu'elle peut démarrer. Quand il estime qu'elle roule trop vite, elle voit sa jambe se crisper et appuyer sur une pédale de frein imaginaire, c'est immanquable. Quand elle entreprend un créneau, il lui propose de la remplacer. Ils en ont tacitement conclu qu'il valait mieux que ce soit lui qui conduise et qu'elle ne prenne le volant que seule, afin qu'il n'aille pas se fabriquer un ulcère.

En attendant, aucune place de stationnement et Patrick s'échauffe. Anne-Marie juge donc opportun de dévier la conversation : « Elle est vraiment charmante, cette ruelle. Pas lumineuse, mais charmante. » Son mari, en cette minute, ne lui trouve, pour sa part, aucun charme. En revanche, il acquiesce volontiers sur le manque de lumière : « C'est tellement étroit. Comment veux-tu que ça ne soit pas sombre ? » Théo est accablé : il a si souvent assisté à ces scènes, à ces exaspérations. Il prie pour qu'un type ait l'idée de récupérer sa voiture et de libérer une place. Un dimanche matin, ce n'est pas gagné.

Les voilà partis pour un tour du pâté de maisons. Un Lavomatic, une épicerie minuscule, un bar-tabac, une boulangerie Banette, un kebab, une boutique de bijoux fantaisie, une autre de téléphonie mobile. Anne-Marie, toute à sa volonté de poursuivre sa diversion, s'enchante : « Tu as vraiment tout à portée de main. » Elle n'en pense pas un mot, bien entendu. Elle est convaincue que le linge de son fils serait mieux entretenu par elle qu'entassé dans des lave-linge à pièce, que l'hygiène de l'épicerie doit laisser à désirer, et que dire des prix, le double d'ailleurs, insensé. Elle espère que son fils ne fume pas en cachette et ne va donc pas profiter du pourvoyeur de nicotine en bas de chez lui. Cette boulangerie est plutôt avenante mais enfin, c'est une chaîne, Banette, non ? Si ça se trouve, le pain n'est même pas cuit sur place. Quant au kebab, il lui soulève le cœur. Elle se demande comment on peut ingurgiter ces sandwichs gorgés d'une viande douteuse et de frites grasses. Le reste lui semble une enfilade d'enseignes pour gogos ou de magasins bon marché. Pour preuve, personne ne croit utile de ponctuer l'enthousiasme exagéré de son observation.

Ils repassent une deuxième fois et toujours pas de place disponible. La tension monte encore d'un cran. Théo se souvient qu'il avait proposé d'organiser lui-même son déménagement. Il aurait suffi qu'il effectue quelques allers-retours avec la voiture familiale. Ou qu'il demande à des copains de lui filer un coup de main. Mais on ne lui a pas laissé le choix. Il a très envie d'en faire la remarque, histoire de démontrer qu'on aurait pu s'épargner des crispations, cela étant il a conscience que son sarcasme ne ferait qu'aggraver la situation. Il s'en tient par conséquent à un mutisme de bon aloi et fait même semblant de participer activement à la recherche d'un point de stationnement.

Au bout de quatre tours du pâté de maisons, décision est prise de se garer dans une rue adjacente. Il faudra donc transporter les cartons sur près de trois cents mètres mais « c'est ça ou je vois pas comment on s'en sort ». Personne ne discute le diktat du père. En descendant du véhicule, Anne-Marie avise le ciel. Il ne manquerait plus qu'il se mette à pleuvoir, ça serait le pompon, pense-t-elle, sans le formuler.

# 3
# Le studio

Les premiers cartons sont déchargés et Patrick râle : « J'aurais dû apporter un diable, ça aurait été plus commode, mais je pensais qu'on aurait juste à transbahuter du trottoir à la cage d'escalier... » Anne-Marie temporise : « C'est pas grave et puis on n'est pas pressés. » Théo y met du sien : « Y en a pas tant que ça des cartons, non plus. » La petite famille se met en branle, en file indienne jusqu'à l'immeuble. Arrivé devant la porte, le fils cherche alors ses clés. Patrick s'agace à nouveau : « Tu ne pouvais pas y songer plus tôt ? » Théo ne relève pas, habitué aux humeurs de son père. Et n'est pas dupe : il a bien saisi que c'est sa façon à lui, maladroite, d'exprimer la peine, oui, allez, nommons ainsi ce sentiment indicible, la peine donc que provoque en lui ce déménagement. Car témoigner directement ses émotions n'est pas son fort, il faut toujours qu'il en passe par la colère ou la rudesse. Quand son propre père est mort, il n'a pas pleuré, non, il a fait la gueule, comme s'il en voulait au défunt d'avoir cassé sa pipe. Alors qu'il avait des larmes plein les yeux mais il ne fallait pas que ça coule. Là, tout de suite, il fait pareil : il s'en prend à son fils plutôt que d'avoir à lui avouer ce que son affranchissement éveille. Théo sort le trousseau de sa poche arrière et, grâce au Vigik qui y est accroché, déclenche l'ouverture. Allez, quatre étages à gravir à pied.

« Maman, tu es sûre que tu veux porter ce bazar ? Franchement, papa et moi, on peut s'en occuper. » Anne-Marie s'offusque. Pour qui la prend-on ? Une vieille dame ? Une personne fragile ? D'où vient cette galanterie déplacée ? Elle est encore capable de monter un carton de vêtements ! Au magasin, pendant des années, elle en a déchargé, des palettes. Elle en a mis, de la marchandise, en rayon. Et aujourd'hui, en caisse, elle continue de soulever des kilos et des kilos à longueur de journée, sans se plaindre. Et puis, si elle est là, ce n'est pas pour jouer les figurantes. Sinon, il valait mieux qu'elle reste à la maison. « Ça va aller, mon chéri. Ta mère n'est pas encore grabataire. » Elle fanfaronne, estime Théo, oubliant qu'elle a été déplacée en caisse précisément à cause de son mal de dos. Il ne faudrait pas qu'elle aille se bloquer une vertèbre simplement parce qu'elle redouterait de retarder leur entreprise dominicale. « Je n'ai pas dit ça. C'est juste que l'escalier est raide. » Maline, sa diversion. Il s'étonne lui-même de l'avoir trouvée, et aussi rapidement de surcroît. Cela dit, il n'est pas faux que l'escalier est particulièrement abrupt. Et étroit. Comme souvent dans les immeubles anciens du centre-ville. L'avantage, c'est que les loyers y sont un peu moins chers. Et ce critère était essentiel.

(Tout de même, Anne-Marie a retenu qu'il a dit : « maman » et sauf erreur de sa part, c'est la première fois de la journée. Il ne dit plus souvent : « maman », sauf pour marquer une exaspération. Là, en l'occurrence, en le laissant échapper, il s'est montré gentil, attentionné, puisqu'il cherchait à lui éviter un effort imprudent ; elle en est touchée. De toute façon, aujourd'hui, un rien pourrait la toucher, visiblement. Ou alors elle croit que les « maman » sont voués à disparaître, qu'ils ont la sonorité d'un adieu.)

Quand ils pénètrent dans le studio, les trois ont des réactions contrastées. Théo s'écrie : « C'est plus petit que dans mon souvenir. » Ils ne sont venus qu'une fois, lorsqu'ils ont visité, et encore ils ne se sont pas attardés, il y avait d'autres postulants programmés après eux. Le père a fait attention à la plomberie, à l'électricité, la mère s'est intéressée à la propreté, puis a regardé par la fenêtre, évalué le vis-à-vis, la luminosité, le fils s'est contenté de réfléchir au meilleur endroit pour installer son canapé-lit, même si peu d'options s'offraient à lui, en réalité. En sortant, ils sont tombés d'accord : personne n'avait eu de coup de cœur mais tous ont considéré qu'il s'agissait d'un « bon compromis ». Théo s'était dit : si j'ai l'appart, j'habiterai un bon compromis. Mais désormais, parce que le studio est à lui, qu'il peut y faire ce que bon lui semble, fouler le parquet sans se méfier de l'air soupçonneux d'un agent immobilier, il jette un autre regard. Et, même s'il est ravi, il le trouve donc plus petit que dans son souvenir. À l'inverse, Anne-Marie est heureusement surprise : « Ah oui ? Moi, c'est le contraire. » Elle avait été effarée par l'exiguïté de l'endroit, s'était demandé comment on pouvait vivre dans ce genre de cagibi, surtout quand on avait le choix de vivre ailleurs. Elle avait pensé : je me sentirais tellement à l'étroit. Et même j'étoufferais. À l'époque, elle espérait encore que son fils renoncerait à sa lubie. Aujourd'hui, elle s'est résignée. C'est peut-être la raison pour laquelle elle voit les choses différemment. Patrick siffle la fin des étonnements : « Bon, on pose les cartons dans ce coin, on en a d'autres à aller chercher. »

En redescendant les marches, ils croisent un jeune homme. Un peu plus âgé que Théo, mais à peine. Vingt ans, peut-être. Sec et vif. Celui-ci devine aussitôt qu'un emménagement se prépare et identifie sans difficulté le nouvel occupant : « Bienvenue, dit-il, en tendant une main franche. Moi, c'est Youssef. » Théo serre la main en retour, avec la même franchise et se présente à son tour. Avant d'ajouter, en les désignant du menton, comme gêné d'apparaître sous tutelle : « Mes parents. » L'autre murmure : « Madame. Monsieur. » Sans doute entre-t-il une forme de respect dans cette salutation chuchotée, qu'on jurerait craintive. Mais elle traduit aussi un éloignement vertigineux :

ces adultes appartiennent à une génération, une géographie et pour tout dire un monde qui lui sont parfaitement étrangers. Puis il poursuit sa montée, en se retournant : « On se voit bientôt ! » promet-il, en accompagnant sa promesse d'un étrange geste de la main dont Anne-Marie ne décrypte pas le sens (encore un de ces signes de reconnaissance de la jeunesse qui lui échappent).

Elle se rend compte que c'est probablement pour cette raison que son fils s'installe dans cette ville. Pour rencontrer des gens avec qui la connivence s'établira d'emblée, sans préalable, sans nécessité, sans manières. Et plus généralement, pour découvrir de nouvelles têtes. Il en a forcément assez de leurs voisins qui n'ont pas changé depuis sa naissance, seulement vieilli, de ses oncles et tantes qui racontent toujours leurs sempiternelles histoires, et même de ses copains de lycée qui traînent avec lui depuis l'école primaire. Il a tout bonnement envie de se faire de nouveaux amis. Et ce seul télescopage dans l'escalier démontre que ce sera facile, que la familiarité sera immédiate et la différence visible. Oui, c'est ça, son fils cherche des gens pas comme eux, et ici, il va les trouver. Ça lui fait comme un coup porté à la poitrine.

Dès qu'ils ressortent de l'immeuble, elle est saisie d'une quinte de toux, comme si elle avait du mal à respirer, ou besoin d'expulser une irritation. Les deux autres se tournant vers elle, elle leur fournit la première explication plausible qui lui vient : « C'est la pollution, sûrement. Je ne suis pas habituée. » Théo lève les yeux au ciel : « Tu ne vas pas commencer, maman. » Il a le sentiment qu'elle se sert de cette toux surgie d'on ne sait où pour lui reprocher sournoisement son installation : au lieu du bon air de la campagne, il aime mieux venir respirer l'air malsain des villes, voilà ce qu'elle a voulu dire. D'ailleurs, ce n'est pas le premier reproche qu'elle lui jette à la figure. Un jour, elle a lâché un : tu nous abandonnes, qui, même prononcé avec le sourire, cherchait quand même sacrément à le culpabiliser. Mais, pour le coup, Anne-Marie n'avait pas l'intention de manifester une réprobation, son fils a compris de travers : « Je ne commence pas, j'explique, vous faisiez une de ces têtes ! » Théo ne se défait pas d'une moue dubitative tandis que la file indienne repart, disciplinée, en direction de la voiture.

À nouveau des cartons, à nouveau la massive porte d'immeuble qu'il faut ouvrir en offrant son dos, les bras encombrés, à nouveau l'escalier interminable, plus raide chaque fois, les jambes plus lourdes chaque fois, et pas un mot, juste des ahanements, et une concentration sur la tâche à accomplir. Au bout de quatre allers-retours, le Kangoo est vidé, l'appartement est plein.

Ils sont là, désormais, tous les trois, un peu hagards, plantés au milieu du studio. Le père cherche sa respiration, ce n'est plus de son âge ce genre d'efforts. La mère a posé ses mains sur ses hanches pour dompter la vibration de son corps, qui se répercute jusqu'à ses tempes, et revenir à elle-même. Le fils contemple la scène et ne sait pas trop quoi penser. S'ensuit alors un moment de flottement. Pour être honnête, Théo préférerait que ses parents le laissent là, il s'arrangerait des cartons, prendrait le temps qu'il faut pour les déballer, pour ranger chaque chose à sa place, pour organiser son nouvel intérieur mais devine ce que son père sait déjà, à savoir que sa mère ne l'entend pas de cette oreille.

Pas question pour elle de l'abandonner au milieu d'un tel désordre et au seuil d'une telle entreprise. D'autant qu'elle ne se fait guère d'illusions : paresseux comme il est, il est capable de vivre pendant des jours, des semaines, sans rien faire sinon dénicher dans les cartons ce dont il a besoin, conservant tout en vrac, espérant probablement qu'un miracle, un jour, viendra tout régler ou que le temps finira bien par avoir raison de cet encombrement. Elle le dit à sa façon : « On va t'aider à dépaqueter, c'est mieux. » Personne n'objecte. On ne va pas contre le chagrin inavouable d'une mère.

Aussitôt, ils s'attellent à la tâche. Anne-Marie s'occupe de la vaisselle, déplie sans ménagement les pages de journal qu'elle avait précautionneusement pliées quelques heures plus tôt, en fait des boules qu'elle accumule dans le carton libéré. L'affaire bouclée, elle s'emploie à passer les assiettes, les verres et le reste sous un filet d'eau. Comme Théo lui lance : « Pourquoi tu les laves ? C'est propre », elle se contente pour toute réponse de hocher la tête en signe d'incrédulité. Non mais vraiment, s'il ne comprend pas que l'encre, probablement toxique de surcroît, des journaux a sali les assiettes, les verres et le reste, il y a de quoi être inquiet pour la suite. Elle espérait pourtant lui avoir légué sa maniaquerie au sujet de l'hygiène mais les heures que son fils a passées devant elle, tandis qu'elle astiquait, nettoyait, aspirait, époussetait, n'ont, semble-t-il, servi à rien. Elle se dit qu'elle devait devenir invisible, elle ne conçoit pas d'autre explication.

(Pareil d'ailleurs pour son hygiène à lui. Combien de fois lui a-t-elle lancé : tu as prévu de prendre une douche aujourd'hui ?, avant qu'il ne s'éloigne en dodelinant et sans la moindre intention d'obtempérer ? Quand il arrivait à Patrick d'assister à la scène, il s'amusait à lui dire : je ne vois pas pourquoi tu insistes, c'est comme pisser dans un violon. Pour se donner une contenance, elle se répétait en elle-même : son père a peut-être lâché l'affaire mais pas moi. De toute façon, les règles, les obligations, les corvées, de tout temps, c'est elle qui les a imposées. Convaincue que cela faisait partie de son travail de mère.)

Pendant ce temps, Patrick assemble une armoire achetée chez Ikea où seront entreposés livres et vêtements. Il l'assure : « Ça ne devrait pas être très compliqué. » Cependant, dès que le montage lui résiste, il s'emporte : « C'est vraiment de la camelote, ces trucs ! » La mère et le fils s'échangent un sourire de connivence. Ils sont tellement habitués aux manifestations d'impatience du bricoleur en herbe. Ils savent aussi que, dans ces cas-là, il faut ne formuler aucune remarque, ne surtout pas proposer d'aide, l'agacement finit par s'estomper quand Patrick vient à bout de son ouvrage, quand cède ce qui lui a résisté.

Théo, de son côté, déballe ses vêtements. Sa mère, du coin de l'œil, constate qu'il les a pliés n'importe comment, certains il s'est même contenté de les jeter comme ils ont dû lui tomber sous la main. Leur rangement, en conséquence, prendra plus de place qu'il n'en faut, voilà ce que pense la cartésienne Anne-Marie. Et il en a si peu, de place, dans ce studio. Elle décide d'intervenir et son fils la laisse faire, trop heureux d'être délesté d'une besogne ingrate. Mais évidemment, à mesure qu'elle se saisit des pantalons, des tee-shirts, les souvenirs l'assaillent contre son gré. Ce pull, c'était un cadeau à Noël, il y a deux ans, elle s'étonne qu'il l'ait pris avec lui, il l'a si peu porté, elle avait fini par se convaincre qu'il ne lui plaisait guère, a-t-il été tardivement rattrapé par la magie de Noël ou bien l'a-t-il retenu par hasard ? Ce bermuda, ils l'ont acheté l'été dernier, dans une friperie pas très loin du camping : croit-il qu'il est encore en vacances, qu'il va pouvoir aller en cours habillé comme un touriste ? escompte-t-il que les étés durent plus longtemps dans les grandes villes ? Cette chemise, blanche, toute simple, en revanche, trouve grâce à ses yeux : elle est parfaitement ajustée et confère à son fils une élégance dont il ne fait pas si souvent preuve. Ce polo à manches longues n'est pas mal non plus : elle l'avait forcé à le prendre le printemps dernier alors qu'ils faisaient les magasins. Il avait dit : ça fait vieux, mais elle avait insisté. Aurait-il fini par admettre que sa mère avait raison ? Ses chaussettes, en revanche, ça n'est pas possible ! Où avait-il la tête pour entasser ces vieilleries trouées ? Elle met également la main sur un caleçon élimé. L'avait-il caché ? Il y a belle lurette qu'il n'a pas fréquenté la machine à laver. Elle s'apprête à opérer un tri dans ce bric-à-brac quand elle se souvient qu'elle a promis de laisser son fils se débrouiller. Il ne lui revient plus à elle désormais de faire la police dans ses armoires. Et il lui appartient à lui de déterminer

*Le dernier enfant*

à quoi il entend ressembler. Ils ont eu une discussion tendue sur le sujet il y a deux ou trois mois et elle s'est engagée à cesser tout interventionnisme. Il tenait à ce qu'elle reconnaisse qu'il avait grandi, qu'il était un adulte maintenant, un jeune adulte bien sûr, mais un adulte malgré tout et elle avait acquiescé. Elle n'allait pas lui crier : mais non ! tu es un enfant ! tu es mon enfant ! Elle avait dû se mordre les joues néanmoins.

Comme si cette pénible réminiscence ne suffisait pas, tandis qu'elle s'affaire, Théo reçoit à nouveau des textos. D'ordinaire, elle n'y accorde pas d'attention, mais aujourd'hui la sonnerie la dérange, la déconcentre, lui paraît crispante, intrusive d'autant qu'elle retentit cinq ou six fois. Qui peut bien écrire à son fils avec tellement d'insistance ? Avec qui est-il engagé dans une conversation (car cette fois il répond) ? Qu'est-ce qui peut être si important pour qu'il néglige sa tâche ? Et d'abord est-ce qu'on lui envoie des messages à elle ? Non, on ne lui en envoie pas, ou si peu. Elle préfère avoir de vraies discussions avec les gens, en face à face. Et elle n'est pas esclave de ce petit boîtier ridicule, voilà tout. Soudain, elle se rend compte qu'elle s'échauffe toute seule au point de pousser un long soupir d'exaspération. Elle se redresse pour se calmer. C'est elle qui est ridicule.

La vérité, c'est qu'elle pense à tout ce qui se joue en dehors d'elle, tout ce dont elle est exclue, tout ce que son fils ne lui confie pas, parce qu'un garçon de cet âge parle avec ses amis, pas avec ses parents, elle songe que son fils cloisonne naturellement son existence et que désormais elle se tient du mauvais côté de la cloison, elle songe que, jusqu'à une période récente, elle savait tout et que désormais elle ne sait plus grand-chose, elle partageait l'essentiel et désormais elle n'a plus droit qu'à l'accessoire, elle n'en est pas jalouse, ce n'est pas ça le sujet, elle en est chagrinée ou mortifiée : et si elle ne flairait pas un danger qui le menacerait, et si elle ne discernait pas une métamorphose fondamentale, et si elle n'entendait plus ses tracas, ses inquiétudes, et s'il devenait un parfait étranger ?

Théo a dû percevoir ce bref mouvement d'humeur puisqu'il remise son téléphone et décide de s'occuper de ses bouquins. Essentiellement des mangas, des bandes dessinées, presque aucun roman. Elle aurait aimé qu'il en lise davantage, des romans, elle-même

*Le dernier enfant*

en raffole, il n'est pas rare qu'elle en feuillette un le soir, avant de s'endormir, à la lueur d'une loupiotte, dans le lit où Patrick ronfle déjà. Elle a une préférence pour les histoires d'amour, celles où l'héroïne affronte l'adversité, doit surmonter une épreuve, un deuil et trouve une forme de résilience (elle a appris le mot grâce à ses lectures). Elle dit : c'est des leçons de vie, quand même. Elle est informée qu'il existe une littérature plus exigeante, des intrigues moins simplistes, des styles plus travaillés, mais elle est fatiguée, le soir, il lui faut des choses faciles, et puis ce sont ces livres-là qui se vendent au magasin. Théo, donc, ne partage pas son penchant. Il prétend avoir été dégoûté des livres en seconde, en première, quand il fallait se taper les classiques. Stendhal, Flaubert, Balzac, ça l'ennuyait, ça parlait d'un monde ancien, qui ne l'intéressait pas, ça parlait de gens avec des problèmes qui le dépassaient, c'était écrit avec des phrases trop lourdes, et puis il était obligé de tout décortiquer, de tout analyser, comme il disséquait des souris en cours de sciences, il n'y prenait aucun plaisir, ça l'a éloigné définitivement du genre. Dans les mangas, il y a de la vivacité, des éclats, de l'action, et puis c'est sa génération, il peut en discuter avec les types de son âge. Précautionneusement, il range *Naruto*, *One Piece*, *Black Butler*, *L'Attaque des Titans*, *Prophecy*. Anne-Marie se désole sans piper mot.

Théo sort son ordinateur, le dépose sur le bureau monté par son père, effectue les branchements machinalement. Il n'a pas conscience que cet ordinateur est devenu son compagnon le plus sûr, une prothèse, un prolongement de lui-même. Comment en aurait-il conscience ? Il avait treize ans quand ses parents le lui ont acheté, et depuis, il passe entre trois et six heures par jour devant son écran (quand il n'est pas recourbé sur son téléphone portable où il manipule les mêmes informations, les mêmes divertissements, simplement dans un plus petit format), il ne se pose pas de questions, c'est un réflexe, être devant l'ordi. Régulièrement Anne-Marie lui intimait l'ordre de rompre avec cet asservissement, elle lui disait : tu sais, c'est bien aussi, la vie réelle, la conversation, le jardin, les choses comme ça. Il finissait par s'exécuter, toujours à contrecœur, en haussant les épaules puis mettait tant de mauvaise volonté à revenir dans la vie réelle, à participer à la conversation, à apprécier le calme du jardin qu'elle abdiquait et consentait à ce qu'il regagne sa chambre, Internet, les tchats avec ses copains, les séries piratées, les jeux vidéo, la vie fantasmée d'Instagram ou de Facebook. Elle songe qu'elle ne grappillait hier que de modestes victoires et que demain sa défaite sera totale : son fils, dans son indépendance enfin conquise, n'en fera qu'à sa tête.

Il extrait ensuite sa console d'un des cartons. Elle se souvient qu'elle avait quoi ? vingt ans ? quand sont apparues les Game Boy. Trop tard pour elle, en tout cas. Elle avait déjà quitté l'adolescence, elle ne s'était pas sentie concernée, et puis c'était un truc de garçon. Mais elle n'a pas oublié la folie qui entourait ces nouveaux engins. Elle avait compris alors que le jeu, la distraction, ça ne se ferait plus à plusieurs, ni même à deux, que se dessinait quelque chose qui avait à voir avec la solitude. Son fils lui objecterait qu'aujourd'hui on joue en réseau, et que c'est des bêtises, cette histoire de solitude. Et elle lui répondrait : « À ceci près que tu ne les vois pas, les autres, parfois tu ne sais même pas qui ils sont, parfois ils sont à l'autre bout du monde. » Mais elle ne dit rien. Elle en a assez de passer pour quelqu'un de dépassé ; et pour une rabat-joie.

Il dépose l'étui de sa guitare dans un coin de la pièce. Elle est fière que son fils ait un goût pour la musique, et même un petit talent, d'autant que ni son frère ni sa sœur n'ont eu cette inclination avant lui (Julien c'était le foot, Laura le tennis, ils ont abandonné maintenant, mais pendant des années ils ont réellement pratiqué). Elle aurait sans doute préféré qu'il opte pour le violon, un instrument plus noble, plus rare, plus inattendu, mais au moins il n'avait pas choisi la batterie – elle aurait trouvé ça trop bruyant – ni le piano – trop encombrant et trop cher. Elle le revoit accroupi sur son lit, formant ses premiers accords, debout devant un miroir, une fois acquise une certaine assurance. Ce qui est certain, c'est qu'il y a mis du cœur et de l'application. Et ça l'a rassurée. Elle a pensé : au moins mon fils est capable de mettre du cœur et de l'application dans une activité. Elle plaint néanmoins ses voisins : ils vont devoir s'habituer à ses riffs, comme il les appelle. Heureusement, les murs sont probablement épais dans ces vieux immeubles.

Théo a emporté ses affiches. Elle sait que sur l'une d'entre elles figure David Bowie. Elle s'en était étonnée : David Bowie c'était plutôt sa génération à elle, c'était même les années 70. Il lui avait répondu, avec une solennité rieuse : les bons chanteurs sont éternels. Elle avait acquiescé. Sur une autre, il y a ce type roux, avec des lunettes, pas vraiment beau, ah oui : Ed Sheeran. Pas le genre qui fait rêver. Là, il lui avait dit : sauf que c'est un putain de génie. Elle n'avait pas commenté, même si le « putain » l'avait décontenancée ; elle se doutait que son fils employait le mot, et bien d'autres, tout aussi grossiers évidemment, elle n'était pas née de la dernière pluie, mais jusque-là, il s'était toujours gardé de l'employer devant elle. David Bowie et Ed Sheeran accompagnent donc Théo dans son nouveau chez-lui. Dans sa chambre d'adolescent, en revanche, il reste simplement des traces sur des murs.

Le moment semble opportun à Anne-Marie pour tendre à son fils un cadre qu'elle avait glissé en catimini dans le carton de vaisselle, juste au-dessus, et emmitouflé dans un torchon pour en protéger le verre. C'est un cadeau qu'elle lui fait. Quand Théo, un peu surpris – il ne s'y attendait pas –, se saisit du cadre, il le reconnaît aussitôt : l'objet trône depuis des années sur le buffet de la salle à manger et contient une photo. On y voit ses grands-parents, du côté de sa mère, ils ont vingt ans, à peu près, c'est les années 60, l'image est en noir et blanc, lui porte un jean retroussé et un polo en maille torsadée, elle une jupe crayon au-dessus du genou et un chemisier à manches courtes et ils dansent, ils dansent le twist, au centre d'une assemblée, dans une fête, on jurerait que la foule s'est écartée pour les regarder danser, la photo a été prise à leur insu, c'est évident, et c'est pour ça qu'ils paraissent si libres, si joyeux, et qu'ils sont si beaux. D'ailleurs, sa mère ne cessait de répéter, chaque fois qu'elle désignait le cadre, avec fierté : « Tu as vu comme ils sont beaux ? » Elle se réjouissait de leur folle jeunesse, concédant peut-être en creux que la sienne avait été plus sage, avant d'être, il est vrai, considérablement éprouvée. Il devine le sacrifice auquel elle consent en se séparant de ce souvenir et comprend son intention : elle lui passe un témoin, c'est limpide. Il en est ému, ne sait pas quoi dire. Alors il se contente de marmonner un merci, presque inaudible. Elle, elle a les yeux qui brillent.

*Le dernier enfant*

Patrick dit : « Ça commence à prendre forme, hein ? », avec, dans la voix, la satisfaction du travail accompli. Presque machinalement, chacun s'immobilise pour contempler les lieux. Il est exact que les meubles sont montés et les choses à peu près rangées à leur place. Il faut dire que le studio n'est pas grand et que la tâche n'était pas gigantesque, mais tout de même, oui il a raison Patrick, ça commence à prendre forme. Sauf que les cartons vides encombrent la pièce principale et donnent l'impression d'un chantier inachevé. Il est donc décidé de les écarteler, de les aplatir, de les entasser : ce sera plus facile pour les redescendre. Et aussitôt, sans que nul ne l'ait formulé, chacun se met à la tâche.

Quand Théo se penche, son tee-shirt se soulève laissant apparaître le bas de son dos. Un quidam remarquerait simplement l'élastique de son boxer, la marque américaine qui s'y affiche mais Anne-Marie, elle, bien sûr, ne voit que l'extrémité de sa cicatrice. Elle ne s'y fera jamais. Elle sait qu'elle ne s'y fera jamais. Elle sait que cette cicatrice commence là, dans le bas du dos et remonte sur une trentaine de centimètres le long de la colonne vertébrale.

Elle est au magasin, ce 21 novembre, quand la secrétaire de M. Legendre s'approche d'elle et lui murmure dans le creux de l'oreille, avec un air sinistre, qu'elle est attendue dans le bureau du directeur. Elle s'étonne d'une telle requête, c'est la première fois qu'elle est convoquée, elle emboîte le pas de la secrétaire sans discuter, mais en se demandant ce que son chef peut bien lui vouloir. Ce qui est certain, c'est qu'elle n'a commis aucune faute, elle en est persuadée. Cependant, elle ne peut contenir une certaine appréhension tandis qu'elle gravit l'escalier métallique qui conduit aux bureaux. Là, un deuxième choc la cueille : Patrick patiente dans le couloir. Lui aussi a été convoqué. Et quand ils se dévisagent, ils comprennent, à la même seconde, qu'il se passe quelque chose d'anormal, quelque chose d'inquiétant. Ils n'ont pas le temps d'y réfléchir : la porte s'ouvre et M. Legendre les invite à entrer. La secrétaire s'est effacée sans même qu'ils s'en aperçoivent. Le directeur n'y va pas par quatre chemins : leur fils a eu un accident, il roulait à vélo, une voiture l'a percuté, il a été conduit à l'hôpital, sur place quelqu'un a dit : je le connais, c'est le fils de Patrick et Anne-Marie, mais il n'avait pas leur numéro, il a dit : ils travaillent au Leclerc, à cette heure-ci ils doivent y être. C'est pour ça qu'ils ont appelé le magasin. Anne-Marie, ça lui fait comme une coulée d'eau glacée le long du dos. Patrick prend sa main, lui qui ne fait jamais ce geste, jamais (et on ignore si c'est pour la soutenir ou pour calmer son propre effroi ; les deux, sans doute). Puis interroge le directeur du regard. L'autre, penaud, lâche : je n'en sais pas plus. Et même s'il dit la vérité, son aveu ressemble à un mensonge. Aussitôt, les deux parents filent en direction de l'hôpital. Dans la voiture, ils ne prononcent pas un mot, pas un. Leur silence est celui de la sidération. De la folle angoisse aussi. Rien ne *peut* être prononcé, comme s'ils étaient figés, fossilisés. Rien ne *doit* être prononcé, comme s'ils obéissaient à une superstition. Parler, ce serait mettre leur fils encore plus en danger, voilà ce qu'ils croient, contre toute raison. À cet instant précis, de toute façon, la raison les a abandonnés. Ils ne sont plus qu'un bloc d'émotion, d'affolement, de vertige. Anne-Marie, malgré elle, pense à ses parents, au moment où on lui a appris qu'ils avaient trouvé la mort dans un accident. Elle tourne la tête vers la vitre pour chasser le souvenir, pour refuser d'admettre que l'histoire pourrait se répéter. Quand ils arrivent à l'hôpital, ils demandent à voir leur fils. En retour, on les prie de patienter. Anne-Marie mendie le numéro de sa chambre : au moins. Elle ignore ce que cette précision pourrait lui apporter puisqu'on l'oblige à rester là, dans ce hall où le froid s'engouffre, mais elle en a besoin, probablement pour espérer localiser son fils, pour l'ancrer quelque part, l'amarrer. La dame de l'accueil lui précise qu'il ne possède pas de chambre attribuée. Cette réponse la fait vaciller. Si Théo n'est pas dans une chambre, où peut-il se trouver ? Pour éviter que sa femme ne se lance dans des suppositions macabres, Patrick dit, sur un ton docte qui n'empêche pas l'anxiété : ils l'ont sûrement emmené directement pour des soins. Elle regarde son mari longuement, puis susurre : oui, tu as raison, c'est ça, c'est la seule explication possible. Une infirmière finit par se présenter à eux et leur confirmer qu'en effet, Théo se trouve en salle d'opération. Les parents la bombardent alors de questions. Il s'est passé quoi, exactement ? C'est arrivé quand ? Il a quoi, au juste ? En quoi consiste l'opération ? Ça va durer combien de temps ? Quand est-ce qu'on pourra le voir ? Chaque fois, l'infirmière botte en touche : ce n'est pas à elle de répondre, le médecin viendra leur fournir toutes les informations, il faut simplement qu'ils patientent. Vaincus, ils retournent s'asseoir.

Devant eux, une table basse où sont entassées de vieilles revues, essentiellement des magazines promettant des révélations sur des starlettes, auxquels ils ne touchent pas, comme s'ils devaient n'être distraits par rien, se tenir prêts pour la seconde où on leur fera signe. Autour d'eux, des chaises en plastique, occupées puis délaissées au rythme des visites successives de malades ou de leurs familles. Et toujours le silence entre eux. Pas question de formuler des hypothèses. Même si, par intermittence, Anne-Marie ressent le besoin de parler, elle se retient systématiquement. Son mari n'a pas plus de réponses qu'elle et elle devine que toute conversation, au lieu de calmer son inquiétude, ne ferait que la faire flamber. Dans ce mutisme obstiné, hélas, de sombres pensées surgissent quelquefois, qu'il lui faut contrer, des larmes affleurent, qu'elle efface nerveusement. Son fils va s'en sortir. Elle se répète la phrase plusieurs fois dans sa tête : mon fils va s'en sortir. Patrick, de son côté, se relève à intervalles réguliers, comme s'il était sommé de se dégourdir les jambes, mais se contente de tourner en rond avant de rejoindre à nouveau sa chaise. La décontraction qu'il tente d'afficher dissimule mal son état de panique intérieure. Finalement, au bout d'une heure, un chirurgien apparaît. Ils se redressent de concert mais, pour Anne-Marie, tout devient soudain curieusement imprécis. Elle escomptait une clarté et tout est flou ; l'image, le son. Elle retient les mots « côtes cassées », « colonne vertébrale », « moelle épinière », « opération délicate », la formule « heureusement qu'il portait un casque », et tout se mélange un peu. À la fin, elle comprend que son fils est passé à quelques centimètres du pire, à quelques centimètres de la paralysie définitive, à quelques centimètres de la mort, vraisemblablement, mais qu'il est sauvé. Sauvé. Il guérira, il marchera à nouveau, ça prendra du temps, ça exigera de la rééducation, ils sont partis pour des semaines, des mois, mais Théo vivra. Il vivra. C'est la seule information qui compte pour elle, pour eux. Ils se tombent alors dans les bras, tout étonnés, une fois encore, d'un geste qui ne leur est pas habituel et qui témoigne de la terreur qui s'était emparée d'eux, du soulagement qui advient. Plus tard, dans la chambre, la numéro 212, leur fils leur sera redonné, un fils allongé sur un lit médicalisé, relié à des machines, contusionné, tuméfié, encore groggy, avec le haut du corps enfermé dans du plâtre ; et pourtant toujours magnifique. La mère pourra juste déposer un baiser sur la seule des deux joues non endolorie et le père adresser un salut viril, le poing fermé. Réveillé pour de bon, Théo racontera ce qui s'est passé : la voiture qui roulait trop vite, le conducteur qui sans doute a vu le feu trop tard, le choc, et lui qui a valdingué dans les airs avant de rebondir sur le capot d'une autre voiture et de s'écraser sur le bitume. Il dira : ça a duré trois secondes. Elle pensera que tant de leur vie aurait pu se jouer en trois secondes. C'est à cela encore qu'elle pense tandis qu'elle regarde Théo, accroupi devant un carton, occupé à le plier en s'aidant de son genou, le tee-shirt relevé.

Les mères n'oublient jamais quand elles ont cru, un jour, perdre leur enfant.

Elles ne se débarrassent jamais de la frayeur non plus.

Elles vivent chaque jour en redoutant qu'un autre accident survienne.

Et elles ont plus peur encore quand elles savent qu'elles ne seront plus là, tout près, pour le protéger à chaque instant.

Une fois tous les cartons aplatis et empilés, Patrick dit : « On les prend avec nous, on les met dans le coffre du Kangoo et je les déposerai à la déchetterie demain matin avant d'aller au boulot. » Anne-Marie admire le sens pratique de son mari. Son enracinement dans le concret la rassure, il l'a rassurée dès le premier jour.

Elle ajoute, pour ne pas être en reste et surtout pour que personne n'aille imaginer que ce rangement des cartons pourrait constituer un épilogue : « Et, du coup, on déjeune où ? Parce qu'avec tout ça, il est bientôt midi. Théo, tu connais un endroit ? »

# 4

# Le restaurant

Ils poussent la porte d'un *diner* américain, situé à deux rues de l'appartement. Un faux *diner*, forcément, qui entend ressembler aux vrais, ceux des années 50, où le cuir rouge des banquettes a été remplacé par du skaï, le carrelage en damier noir et blanc par une imitation en linoléum, où le juke-box n'est qu'un accessoire pour faire joli dans le décor et où de trop nombreuses photos archiconnues de Marilyn Monroe ou de James Dean encombrent les murs. Théo a précisé : un pote m'a dit que les hamburgers étaient bons. Un pote ? Quel pote ? a pensé Anne-Marie tandis que l'argument a suffi à convaincre Patrick, qui se glisse sur une des banquettes, bientôt rejoint par sa femme, tandis que leur fils s'installe face à eux.

Ils auraient pu opter pour une configuration différente. La mère à côté du fils, par exemple, pour rappeler l'intimité entre eux. Et le père, seul, pour souligner son autorité. Ou tout simplement pour que les adultes paraissent moins serrés et le fils moins flottant. Mais non. Ils ont voulu, implicitement, sans le formuler, que le fils soit détaché, exposé, contemplé, puisque c'est lui qui est à l'honneur, puisque c'est son jour.

Anne-Marie a toujours aimé les déjeuners au restaurant avec ses enfants, sans doute parce qu'ils étaient rares. Ils n'avaient jamais vraiment le temps et ils n'avaient pas vraiment les moyens. Et puis Anne-Marie est une excellente cuisinière : à quoi bon aller jeter l'argent par les fenêtres pour manger moins bien qu'à la maison ? Néanmoins, ça se produisait quelquefois, à l'occasion d'un anniversaire, ou en vacances. On a bien droit à un petit extra, de temps en temps, pas vrai ? clamait Patrick. Et ils s'offraient une pizzeria ou un Hippopotamus. Il leur arrivait aussi de réserver à La Vieille Auberge, le restaurant de cuisine traditionnelle de la ville, mais plus rarement. C'est guindé, prétendait-elle. C'est cher pour ce que c'est, renchérissait-il. Ils en revenaient toujours ravis, néanmoins, quand ils cédaient. Probablement pour ne pas regretter le prix acquitté.

Quel que soit le lieu choisi, le moment que préférait Anne-Marie, c'est quand ils s'asseyaient : avant qu'un serveur ne vienne prendre la commande, elle pouvait contempler sa famille réunie, son mari, elle et leurs trois enfants. Elle en profitait pour recoiffer le petit dernier qui avait toujours le cheveu qui rebique, vérifiait que chacun déplie bien sa serviette pour la placer sur ses genoux, elle lissait alors la nappe, y plantait ses coudes, puis croisait ses mains bien à plat avant d'y poser son menton et souriait d'aise. Elle était traversée par une fierté ineffable. En cet instant, elle avait la conviction qu'elle avait accompli quelque chose.

Après le départ de Julien et de Laura, les déjeuners se sont faits encore plus rares. Car, à trois, ils se sont avérés un peu artificiels. Et puis ce rétrécissement visible de la famille lui était bêtement douloureux. Ils n'ont pas renoncé pour autant. D'ailleurs, à quand remonte le dernier ? Elle cherche en sa mémoire et soudain, ça lui revient. Elle leur pose la question comme elle vient elle-même de se la poser : « Vous savez dans quel restaurant on a déjeuné ensemble la dernière fois ? » Comme aucun des hommes n'en a la moindre idée (à croire qu'ils n'y accordent aucune importance, c'est à désespérer de vouloir sortir de l'ordinaire), elle leur fournit la réponse avec un entrain tel qu'on jurerait qu'elle leur annonce la solution d'une énigme ancienne et compliquée : « Fin juillet, la crêperie bretonne, à côté du camping ! » Oui, elle est joyeuse de s'en souvenir, sans savoir pourquoi.

À son air accablé, on devine que Théo, lui, n'a pas forcément envie de se remémorer cet épisode. Il n'avait accepté ces vacances à trois que parce que sa mère l'avait supplié, littéralement supplié. Des copains lui proposaient une virée en Espagne, un autre pouvait disposer de la villa de sa grand-mère, partie en maison de retraite quelques semaines plus tôt, une bicoque sans prétention à quelques kilomètres d'une plage, ils avaient même évoqué un périple en train avec une Carte jeune et du camping sauvage mais une grande partie de ces projets avaient volé en éclats devant l'insistance d'Anne-Marie. Elle avait dit : c'est le dernier été où on pourra partir tous les trois. Il n'avait pas eu le cœur de refuser.

*Le dernier enfant*

Ses copains s'étaient moqués de lui. Passer l'été de ses dix-huit ans avec ses vieux, ça craignait.

La crêperie, oui, ça lui revient. Elle n'avait de bretonne que le nom. D'autant que la Bretagne, ce n'était pas la porte à côté. Le propriétaire avait dû accoler l'adjectif pour attirer le chaland. Ou alors le type était né à Quimper et ça avait suffi pour faire la blague, comme disait son père. Et puis, il y avait un monde fou, ils étaient entassés les uns sur les autres, une serveuse avait même réussi à lui mettre un coup sur la tête avec une assiette tant les allées étaient étroites, et c'était très bruyant, des enfants criaient ou se barbouillaient le visage de chocolat, un chien qui tirait sur son harnais avait même renversé une chaise. Franchement, il se demande pourquoi sa mère évoque une circonstance pareille. Il le laisse entendre à sa façon : « Ici, au moins, c'est calme. »

Dans le *diner*, en effet, pas beaucoup de clients ; il est encore tôt, ils sont arrivés parmi les premiers, et puis le dimanche les gens traînent toujours un peu, ils viendront plus tard, après la lecture du journal, après les courses au marché, après le coup de téléphone à des proches, après la lenteur matinale de cette journée à part.

*Le dernier enfant*

Anne-Marie dit : « C'est vrai qu'on est bien. » Elle n'ajoute pas : « tout compte fait » mais chacun l'a deviné. À l'évidence, elle ne prise pas ce genre d'endroit, un peu trop clinquant, coloré et factice à son goût, un peu trop réservé à la jeunesse aussi avec son menu très abordable et son décor américain, mais la relative tranquillité et une certaine lumière ont eu raison de sa réticence.

Après avoir inspecté du regard les lames des stores et le chrome du comptoir, elle en revient à eux. Et la phrase qu'elle prononce est celle que Théo et Patrick redoutaient en secret : « Ça fait drôle, quand même… » Comme aucun des deux ne relève, espérant encore échapper aux bouffées de nostalgie, elle insiste : « Hein, vous ne trouvez pas ? »

À nouveau, le père et le fils rechignent à ponctuer son propos. Ils préféreraient que ce jour soit un jour comme un autre. Certes, il y a ce déménagement, mais pourquoi ne pas le considérer comme une étape sur une longue route qui se poursuit ? Tout va continuer presque comme avant, pas vrai ? Et puis la serveuse va probablement débouler d'une seconde à l'autre, on ne va pas se lancer dans des digressions sentimentales. Mais Anne-Marie n'a que faire de leur embarras ou des contingences. D'ailleurs, le voit-elle, cet embarras, les considère-t-elle, ces contingences, enfermée dans la bulle de sa mémoire ?

Elle dit : « C'est passé vite, quand on y pense. »

Elle parle de la vie, elle parle de sa vie.

Elle était cette jeune femme insouciante, dans sa vingtaine, et la malchance a donc voulu qu'elle perde ses parents, et il a fallu qu'elle prenne des décisions, à l'âge où on n'en prend pas, en tout cas pas avec d'aussi lourdes conséquences, qu'elle empoigne son destin et alors le reste a suivi, le mariage avec celui qui l'avait accompagnée dans l'épreuve, le premier enfant, le deuxième, le troisième, et le travail, chaque jour, pour faire bouillir la marmite, les saisons qui passent et qui reviennent, les années qui passent et ne reviennent pas, et voilà qu'elle a cinquante ans.

Oui, c'est allé très vite, quand elle y pense.

Comprenant que sa mère ressent le besoin de s'épancher mais cherchant à tout prix à éviter d'être le point de fixation de la mélancolie qui surgit et le centre de l'attention, Théo croit avoir une idée de génie : remonter à un temps où il n'était pas sur la photo, le temps d'avant lui. Il lance : « Au fait, vous ne m'avez jamais raconté comment vous vous êtes rencontrés. »

Patrick sursaute. S'il avait bien saisi l'intention de son épouse et son désir irrépressible, provoqué par les circonstances, de revisiter les années écoulées, de *faire le bilan*, il n'avait pas vu venir la diversion de son rejeton.

Anne-Marie sursaute, elle aussi. Si elle n'a pas conscience de l'habileté de son fils, elle ne s'attendait pas à sa question. D'autant qu'elle est persuadée qu'il en connaît la réponse : « Mais si, on te l'a raconté. » Cependant, Théo persiste : « Non. Peut-être à Julien ou Laura, mais pas à moi. Ou alors j'étais trop petit et je ne m'en souviens pas. »

Après tout, il a peut-être raison. Et, de surcroît, il est exact qu'on n'est pas le genre à feuilleter les vieux albums dans la famille, pas le genre non plus à verser dans la sensiblerie. Du reste, Patrick serait ravi qu'on reste fidèle à cette bonne habitude : « Il y a prescription, vous ne croyez pas ? Et puis, surtout, on va commander, non ? »

Anne-Marie fait comme si elle n'avait pas du tout entendu l'objection. D'abord, elle n'est pas obligée de tenir compte en permanence des pudeurs de son mari. Ensuite, son fils l'interroge, c'est la moindre des choses d'éclairer sa lanterne. Et si ça lui plaît, à elle, de convoquer le passé ? On a bien le droit d'évoquer ce qui fut et de vouloir léguer à ses enfants un peu de l'histoire familiale. Il n'y a pas de mal à ça. Si ?

Elle dit : « C'est tout bête. Quand tes grands-parents sont morts, j'ai récupéré la maison mais aussi les traites qui allaient avec. À ce moment-là, j'étais en première année de BTS tourisme, j'avais eu mon bac l'année d'avant et j'ai dû abandonner pour me trouver un travail et gagner de l'argent. Au Leclerc, ils proposaient des postes, enfin des CDD, tu imagines bien. J'ai été embauchée pour remplacer une femme partie en congé maternité. Et comme elle n'est pas revenue, ils ont proposé de me prolonger, et j'ai dit oui. Je pensais que ça allait durer six mois, un an, que je pourrais reprendre mes études, tout ça. C'était idiot, tu me diras, parce que les traites, il y en avait encore pour presque trois ans mais je sais pas, je voulais croire que c'était du temporaire. Et puis j'ai fait la connaissance de ton père, il était vendeur à l'électroménager à l'époque, je l'avais remarqué et je voyais bien que je lui plaisais, les filles, elles savent quand elles plaisent aux garçons, mais je voyais aussi qu'il ne m'invitait pas, il était empoté, qu'est-ce que tu veux, alors j'ai fait le premier pas, oui c'est moi qui l'ai invité, après il m'a expliqué que s'il ne l'avait pas fait c'était à cause de mes parents, de la mort de mes parents, il pensait qu'il fallait attendre un certain temps, et c'est vrai que j'avais toujours de la tristesse, ne va pas croire, c'est un choc de se retrouver orpheline si jeune, mais justement je cherchais de la compagnie, parce que la solitude et la tristesse additionnées, je t'assure, à la longue, ça peut rendre maboul. Bref, on s'est donné rendez-vous dans un café en ville, tu vois le Café des Sports, eh ben là, et c'est moi qui ai fait la conversation tout le temps. Tu connais ton père, il n'est pas bavard, mais là il n'a pas prononcé un mot, et ne dis pas que j'exagère, Patrick, tu n'as pas prononcé un mot, mais comme je savais qu'il était à l'aise avec les clients au magasin, bon vendeur et tout, j'ai pensé que c'était moi qui l'impressionnais, ou la situation, ne lève pas les yeux au ciel, Patrick, ça s'est passé comme ça, tu te contentais juste de siroter ta bière et moi je tenais le crachoir. J'aurais pu laisser tomber mais je crois que ça m'a séduite, qu'il ne sache pas s'y prendre. Peu de temps après, on s'est mis en couple. Et au bout de quoi ? six mois, il a proposé qu'on habite ensemble, je lui ai dit que je ne voulais pas quitter la maison, alors il a dit : je viens habiter chez toi mais à la condition que je paye un loyer ou la moitié des traites ; j'ai dit oui. Ça fait trente ans maintenant. »

Théo imaginait quelque chose de plus romantique, de moins trivial. Il avait deviné que les choses avaient dû se passer de la sorte, mais espéré aussi que peut-être elles s'étaient passées autrement. Et non. Même s'il se doute qu'elle lui a épargné les détails trop intimes, à l'évidence il n'y a pas eu de coup de foudre, pas eu de débuts mouvementés, pas eu d'escapades, de fugues, pas eu de promesses, de grands serments, juste deux personnes rapprochées par les circonstances et restées ensemble au terme d'un bon arrangement. Bien sûr, ça n'excluait pas les sentiments, et ça n'excluait pas la sincérité, disons que ça manquait de passion, ça manquait d'originalité, ça manquait de difficulté. Théo attend davantage de ses amours à venir et de la rencontre décisive et pourtant, il ne sait pas grand-chose de la ferveur et des émois.

*Le dernier enfant*

Cela étant, qui serait-il pour juger ses parents ? Après tout, ils ont construit un foyer, fait trois enfants, qu'ils ont amenés sans encombre jusqu'à l'âge adulte, ils sont toujours ensemble trente ans après et il ne les a jamais vus se disputer. C'est peut-être ça la vraie originalité, c'est peut-être ça le vrai amour. Plutôt que des incendies qui finissent par s'éteindre.

Tout de même, il ne peut s'empêcher de penser à ce qui serait arrivé si l'accident ne s'était pas produit. Si ses grands-parents n'étaient pas morts, sa mère aurait poursuivi ses études, elle aurait quitté la ville, rencontré là-bas un autre homme, vécu une autre vie, une tout autre vie, avec des surprises, des emportements, des éblouissements. Il se demande aussi si elle n'est pas restée avec son père parce qu'il y avait la maison, les traites qu'ils payaient à deux et qu'un jour, il y avait eu la première grossesse. Les possibles s'étaient refermés, il fallait continuer sur la même route et elle était toute tracée. Pour se rassurer, Théo songe que, de toute façon, sa mère n'était pas le genre à tout envoyer valdinguer, à prendre des risques : au fond, elle avait eu la vie qui lui allait. Comme on porte les vêtements qui nous vont.

Une serveuse s'approche de leur table. Aussitôt, Patrick pousse un soupir de soulagement : décidément ces accès de nostalgie ne sont pas sa tasse de thé et surtout il a faim. Sans même attendre, sans donner la priorité à sa femme, il indique quel hamburger il a choisi. Anne-Marie ne s'offusque pas de ce manque de galanterie, elle s'y est habituée, avec le temps, elle considère, de toute façon, que la galanterie, c'est fait pour les étrangers, les gens qui ne se sont jamais vus, les inconnus devant une porte d'ascenseur, mais plus pour les couples. Elle estime qu'ils n'en sont plus là, les couples, qu'ils ont dépassé ce stade. Ils savent à quoi s'en tenir. Qu'auraient-ils encore à se prouver ? Bon, bien sûr, elle ne serait pas contre une petite attention de temps à autre, elle va même jusqu'à rêver quelquefois d'un bouquet de fleurs, et pas seulement pour le jour de son anniversaire, d'un baiser, comme ça, sans raison, qui ne coûte rien et qui fait toujours plaisir, pour sûr ça la toucherait. En revanche, elle a renoncé aux « je t'aime », elle a bien compris que ce n'était pas le genre de son mari, ça ne l'a jamais été, d'ailleurs, vrai il n'a jamais prononcé ces mots, même au tout début, même le matin de leur mariage, jamais, ça lui a manqué, elle ne va pas prétendre le contraire, mais elle s'est fait une raison, il n'est pas fabriqué comme ça, Patrick, il a sa pudeur, elle dit pudeur mais il s'agirait plutôt de poltronnerie. En fait, si elle se veut lucide, elle doit admettre que, désormais, elle a renoncé à tout. Elle ne va pas en faire toute une histoire non plus. L'essentiel est ailleurs, l'essentiel c'est les trente années, ça c'est du solide, c'est pas du chiqué, pas des apparences.

La serveuse, néanmoins, ne parvient pas à masquer une légère crispation devant l'empressement un peu goujat du mari et se tourne vers l'épouse avec un large sourire où se manifestent à la fois de la compassion et de la sororité. Toutefois, Anne-Marie ne perçoit pas cet élan et préfère s'adresser à son fils : « Et toi, mon chéri, tu prends quoi ? » Théo, penché sur le menu, relève la tête et dit : « Non, toi d'abord, maman. » Anne-Marie ne peut réprimer une brève griserie : ainsi, son fils, lui, possède de bons réflexes. Elle pourrait s'en arroger la responsabilité, en tirer quelque gloire, après tout c'est elle qui a fait son éducation, elle qui lui a inculqué les principes, mais même pas. En réalité, elle est persuadée qu'il s'agit d'une question de génération : il y a trente ans, les hommes étaient un peu bourrus, un peu brusques et surtout ils étaient des hommes, la domination était de leur côté, on n'appelait d'ailleurs pas ça de la domination, on n'employait pas des grands mots, des mots savants, on estimait que c'était le fonctionnement normal, après tout c'étaient les hommes qui rapportaient la paye à la maison, eux qui assuraient la protection, la sécurité, la stabilité, aujourd'hui les choses ont changé, les jeunes gens sont plus sensibles, moins ramenards, et ils croient à l'égalité, au moins à un équilibre, et ils sont au courant que des combats ont été menés, que des injustices ont été corrigées, voilà Anne-Marie pense que son fils est le produit de son époque. Elle dit : « Je n'arrive pas à me décider. Vas-y, ça me donnera le temps de réfléchir. »

Sans hésiter, Théo annonce alors son choix, et avec force détails : ce qu'il veut, ce qu'il ne veut pas, la cuisson, la sauce, la boisson ; sa requête est très élaborée. Anne-Marie en est vaguement impressionnée, si impressionnée qu'elle lance : « Eh bien, tu sais quoi, je vais prendre comme toi. »

Se tournant vers la serveuse, elle répète : « Je vais prendre comme mon fils. » La jeune femme finit de noter dans son petit bloc, repose son stylo sur son oreille, comme on a dû lui demander de le faire pour mimer l'atmosphère de l'Amérique des années 50 et s'éloigne.

Comme si cette interruption n'avait pas eu lieu, Anne-Marie poursuit son monologue et s'autorise même une formule audacieuse : « On a été heureux quand même. »

Son fils et son mari ne parviennent pas à réprimer une gêne. D'abord parce que la fantaisie continue, a-t-on jamais parlé de bonheur dans cette famille, a-t-on jamais parlé autant tout court, ensuite parce que le « quand même » semble indiquer que ce n'était pas gagné, le bonheur, qu'avec la donne de départ ça n'aurait pas dû arriver. Il faut sans doute mettre cette maladresse sur le compte de son émotion du jour.

Toute à ses souvenirs, Anne-Marie ne relève pas le malaise qu'elle a provoqué et persiste dans son introspection. Heureux, oui.

Alors, bien sûr, c'était le bonheur des gens ordinaires, qui savent d'emblée qu'ils n'auront pas droit à la munificence, à l'extravagance, qui ne tutoient pas les sommets, qui ne partent pas au bout du monde, qui ne côtoient pas les puissants, qui n'ont rien de fabuleux à raconter. C'était un bonheur simple, frugal, un bonheur du quotidien, des petites choses, des menues satisfactions. Mais ça leur suffisait, ça lui suffisait.

Forcément, comme tout le monde, elle a quelquefois rêvé de mieux, on ne peut pas s'en empêcher, quand on voit les autres à la télévision qui ont tout, quand on regarde les films. Et elle a lu dans ses livres du soir des histoires qu'il lui aurait plu de vivre. Mais elle a toujours été raisonnable. Du coup, elle n'a pas nourri de regrets. À quoi ça aurait servi de regretter quand on n'a pas eu le choix ?

Non, franchement, elle est reconnaissante à la vie, il y a tellement de gens qui s'en sortent beaucoup plus mal, qui ne s'en sortent pas du tout.

Cependant, pour ne pas paraître béate, elle se corrige elle-même, avec, à nouveau, une ingénuité dévastatrice : « Bon d'accord il y a eu des jours difficiles. Ça nous est arrivé de tirer le diable par la queue. Quand tu es né par exemple. C'était pas prévu au programme. Il a fallu qu'on se serre la ceinture. »

Théo ne l'avait pas sentie venir, celle-là. Et Patrick non plus. Ils s'étaient préparés à de la guimauve et voilà qu'elle leur sert une soupe à la grimace. Oh, sans méchanceté, sans penser à mal mais le goût en est saumâtre, malgré tout, et leur arrache un rictus. Au point que, cette fois, elle remarque leur surprise. Et s'emploie aussitôt, et même dans la précipitation, à dissiper la mauvaise compréhension qu'on pourrait avoir de ses propos : « Je ne dis pas ça contre toi, mon chéri. On était ravis quand on a su que tu allais pointer le bout de ton nez. Et on t'a accueilli comme on l'avait fait avec ton frère et ta sœur. Pareil. Vraiment. C'est simplement qu'il y a eu des conséquences, des répercussions. Mais on ne t'en veut pas, c'était pas ta faute, c'était la faute de personne, d'ailleurs c'était pas du tout une faute. Ah, je m'embrouille, je dis des bêtises. Enfin tu me comprends, pas vrai ? »

La conversation prenant un tour qui ne lui convient guère, Patrick tente d'y mettre fin : « Théo a compris, ne t'inquiète pas, hein Théo t'as compris ? Et sinon, tu sais déjà ce que tu fais demain ? » Hélas,

Théo croit bon de rebondir sur les propos de sa mère : « Comment ça ? Pas prévu au programme ? »

Anne-Marie ne risque pas d'oublier le jour, il y a bientôt vingt ans, où elle a eu la confirmation de son pressentiment. Pourtant, elle avait lutté contre ce fichu pressentiment. Après tout, elle continuait de prendre la pilule, avait-elle pu être distraite ? Sauf qu'il fallait se rendre à l'évidence : depuis quelques semaines, elle n'avait plus ses règles et se sentait barbouillée, ou plutôt modifiée, oui si elle devait dénicher un mot ce serait celui-ci : modifiée. Comme les deux fois précédentes où elle avait été enceinte. Et vous savez quoi ? Elle n'avait pas osé aller consulter son gynécologue. Comme s'il allait la chapitrer, lui dire : mais enfin, Anne-Marie, qu'est-ce qui vous arrive, vous avez perdu la tête ? Comme si elle avait un peu honte. À la place, elle avait choisi d'acheter un test. Mais, à nouveau en proie à cette honte bizarre, déplacée, elle avait parcouru trente kilomètres pour se rendre dans une ville où on ne la connaissait pas pour s'en procurer un. Au fond, elle s'était comportée comme une coupable. Mais coupable de quoi ? Redoutait-elle que Patrick la réprimande ? Redoutait-elle qu'il lui demande de ne pas garder l'enfant ? Elle avait cherché à chasser cette affreuse pensée et n'y était parvenue qu'à la seconde exacte où le test s'était révélé positif. Elle se souvient parfaitement : elle était enfermée dans la salle de bains quand s'était affichée une petite croix bleue et alors tout s'était évanoui, toutes ses préventions avaient été balayées : la joie, une joie irrépressible, l'avait emporté. Elle attendait un enfant, elle le mettrait au monde, fin des atermoiements.

Bon, il faut reconnaître que Patrick, lui, n'avait pas sauté au plafond. D'emblée, il avait compris que ce seraient des difficultés supplémentaires, des fins de mois plus compliquées et il n'était pas très chaud à l'idée d'accueillir un bébé qu'il faut langer, changer, nourrir, faire dormir, faire cesser de pleurer, à qui il faut apprendre à marcher et tout ce qui s'ensuit. Quand sa femme lui a rappelé qu'il ne l'avait déjà pas fait pour les deux premiers, il a battu en retraite. Et puis elle était si enjouée, quel homme aurait-il été s'il avait contrarié une telle allégresse ?

Néanmoins, Anne-Marie n'a jamais annoncé à son fils qu'il était la conséquence d'un accident. Elle n'avait pas de raison de le lui avouer, d'autant que les intéressés peuvent mal prendre une telle révélation. Et comme Théo ne lui a jamais posé la question, d'ailleurs pourquoi l'aurait-il posée, le sujet n'a jamais été abordé. Seulement voilà, elle vient de lâcher l'information, bêtement, parce qu'elle a l'esprit d'escalier, et maintenant, elle va bien devoir s'expliquer.

« Eh bien oui, on ne cherchait pas à avoir un troisième enfant, on en avait déjà deux et on s'était dit, avec ton père, qu'on allait s'arrêter là, d'ailleurs ta sœur avait pas loin de huit ans quand ça nous est tombé dessus, on n'a pas fait exprès quoi, mais dès qu'on a su on a été enchantés, comme je te l'ai dit, et ça ne change rien comment les enfants arrivent, ça ne change rien que ce soit par hasard ou parce qu'on a fait ce qu'il fallait, on les aime de la même façon, point barre. Et même, je vais te dire, on peut les aimer davantage parce que c'est comme une chance, comme un cadeau. Surtout que le petit dernier, en vrai, on a tendance à le gâter un peu plus, mais ne va pas le répéter à ton frère et à ta sœur, hein, déjà qu'ils pensent que tu es le préféré. »

Théo ne sait comment réagir à cette confession. D'un côté, il est touché par les mots de sa mère, par la folle tendresse qui s'y révèle. De l'autre, il n'avait jamais imaginé ne pas avoir été désiré, jamais imaginé leur être « tombé dessus ». Sans doute que cela ne change pas grand-chose mais disons que c'est curieux de devoir sa vie à un aléa, à un imprévu.

L'irruption d'une famille dans le restaurant permet de clore la discussion car l'aréopage est si bruyant que tout le monde se tourne dans sa direction. Deux gamins en bas âge sont sermonnés par leur père parce qu'ils ont couru dans l'allée centrale dès la porte poussée et failli renverser un serveur muni d'un plateau. D'aucuns doivent déplorer en silence l'éducation permissive qu'on donne dorénavant aux enfants, d'autres s'émouvoir de cette incursion joyeuse, innocente en pensant que décidément leur vivacité maladroite est éternelle. Anne-Marie pourrait appartenir au premier camp, tant elle goûte l'ordre, la tranquillité et croit à une certaine fermeté dans l'exercice de l'autorité (sa pratique, en revanche, est plus flexible) mais, en cet instant précis, elle se range dans le second : cette famille toute neuve l'émeut, ces enfants turbulents l'émeuvent, ils la ramènent à un temps qu'elle a connu, qu'elle a aimé et qui est en train de lui échapper pour toujours.

Théo, lui, ne peut s'empêcher de se demander si l'un des gamins est un accident, s'il est tombé du ciel comme une calamité ou une bénédiction. Et il sourit.

Patrick se réjouit qu'on leur apporte leurs hamburgers.

Tandis qu'ils mangent, se succèdent alors des considérations sur la météo (« Tu sais qu'ils annoncent de la pluie pour la semaine prochaine ? »), sur le studio (« Je n'avais pas fait attention qu'il était aussi lumineux, c'est super »), sur le quartier (« Tu seras bien ici, ça a l'air bien fréquenté »). Théo répond la plupart du temps par des hochements de tête ou des grognements la bouche pleine. Par exemple, il ne cherche pas à savoir ce que signifie, pour ses parents, un quartier bien fréquenté même s'il croit comprendre qu'ils se réjouissent qu'on n'y croise pas trop de Noirs ni d'Arabes. Bien entendu, jamais ils ne le formuleraient de la sorte et nul ne songerait à les taxer de racisme mais ils regardent la télévision, où on leur répète que les délinquants sont majoritairement noirs et arabes et ils habitent une bourgade où ils n'en côtoient jamais de sorte que ceux-ci leur semblent une étrangeté, une énigme et, tout bêtement, ils préfèrent ce qu'ils connaissent, ce à quoi ils sont habitués, c'est plus facile.

Théo, de toute façon, n'a pas envie de discuter de ces sujets. Depuis qu'il est en âge de se forger une opinion par lui-même, il a soigneusement évité de causer politique avec son père et sa mère. Il est convaincu qu'ils ne s'épargneraient pas les raccourcis, les clichés. Et surtout les confrontations stériles. Pour ce qui le concerne, d'abord, il ne se sent pas assez armé intellectuellement et, d'autre part, le monde ne lui fait pas peur, les gens ne lui font pas peur, il ne les regarde pas comme des ennemis. Ses parents, quant à eux, ont roulé leur bosse, ils ne manqueraient pas d'en appeler aux comparaisons avec le passé (un passé qu'il ne maîtrise pas) et distilleraient forcément, y compris malgré eux, un agacement et une paranoïa (de ce point de vue, ils sont « très français, tes vieux », comme le lui répète son copain Damien). Dans ces conditions, à quoi bon risquer des chamailleries, des dissensions ? D'autant que ni les uns ni les autres, au fond, ne s'intéressent franchement aux soubresauts de l'actualité. Pour eux trois, chacun à leur façon, il ne s'agit que d'un lointain murmure.

Une tension surgit cependant, sur un motif accessoire. C'est Anne-Marie qui, sans l'avoir cherché, elle le jurerait la main sur le cœur, la provoque : « Au fait, tu n'as pas oublié que dimanche prochain, on va chez ta grand-mère pour son anniversaire ? » La mère de Patrick fêtera ses quatre-vingts ans. Qui plus est, depuis qu'elle est veuve, elle ne voit plus grand monde, ne sort plus tellement de chez elle, ça lui fera plaisir de recevoir la famille. Sauf que Théo n'a pas prévu de rentrer le week-end prochain. Une soirée d'intégration est organisée samedi soir, à laquelle il a bien l'intention de participer. Il se couchera très tard, et sans doute pas en bon état, il n'a nullement envie de se forcer à se lever le lendemain pour se précipiter chez son aïeule. Et surtout, il compte prendre ses marques dans sa nouvelle ville, dans sa nouvelle vie, il ne va donc pas rappliquer chez ses parents tous les quatre matins, autant qu'ils s'y habituent d'emblée. D'ailleurs, il soupçonne sa mère de n'avoir lancé cette discussion que pour déterminer précisément quelle sera la fréquence de ses retours. Ils n'en ont jamais parlé, même si ça lui a brûlé les lèvres, ça se voyait, maintenant elle a besoin de savoir.

En son for intérieur, il salue son ingéniosité, son adresse. En convoquant la figure aimée de la grand-mère, elle peut plus facilement le faire fléchir. Et, en exposant que demeureraient des obligations familiales, elle lui rappelle ses devoirs. Pourtant, il n'entend pas céder : « Franchement, j'avais oublié. Tu es sûre de me l'avoir dit ? » Aussitôt, le visage de sa mère se renfrogne. C'est qu'Anne-Marie est agacée par ce qu'il faut bien qualifier de mensonge éhonté. Car, en effet, elle le lui a dit et plutôt deux fois qu'une. Certes, elle a noté que chaque fois il esquivait, se carapatait mais enfin, il n'est pas sourd, il a forcément entendu. Et elle est contrariée : elle n'a pas élevé ses enfants pour qu'ils feintent, pour qu'ils mentent. Théo, du reste, n'est pas très fier de son bobard, de sa défausse, sauf que, dans la précipitation, il n'a pas trouvé mieux. Il se reprend : « De toute façon, j'ai un truc ce week-end. » Un truc, ce week-end ! Anne-Marie pourrait en rester bouche bée : elle ne s'attendait pas à une telle désinvolture, et même pour être honnête, à une telle impolitesse.

*Le dernier enfant*

Elle songe que c'est l'âge qui veut ça, que se manifeste l'insolence cruelle de la jeunesse.

Cependant, elle est également intriguée. Ainsi, son fils a déjà pris des rendez-vous, organisé son emploi du temps ? Sans rien lui dire ? Dans son dos ? D'accord, il faut qu'elle s'y fasse, elle est bien consciente qu'il n'a plus de permissions à lui demander ni de comptes à lui rendre, mais si vite... Se peut-il qu'il y ait une fille derrière tout ça ? Depuis le début, elle a un doute. Déménager, prendre un petit boulot pour payer le loyer, devoir se débrouiller quand on peut rester bien au chaud à la maison, avec maman qui s'occupe de tout, c'est qu'il y a autre chose, quelque chose d'irrésistible ; ou quelqu'un. Théo a toujours été très secret à ce propos. N'évoquant jamais la moindre histoire, ne lâchant même pas un prénom. Au point qu'elle se demande s'il n'est pas encore puceau. Pourtant, c'est un beau garçon, si beau, et équilibré avec ça, un garçon sain, il est évident qu'il plaît, que les filles s'intéressent à lui. Alors ? Et si elle en profitait pour mettre les pieds dans le plat ? Elle est prête à se lancer. Il suffit de répéter sa phrase en y ajoutant un point d'interrogation : un truc, ce week-end ?

Mais à la dernière seconde, elle renonce. Elle ne nie pas qu'elle a un côté mère poule mais elle n'est pas inquisitrice. Rien ne serait plus loin d'elle que d'embarrasser son fils sur les sujets intimes. Par conséquent, ce sont sa contrariété et sa meurtrissure qui l'emportent : « Tu ne peux pas faire faux bond à ta grand-mère ! Ça lui fera beaucoup de peine. »

Le reproche est très métaphorique : en parlant de la peine de sa belle-mère, Anne-Marie n'est-elle pas en train de parler de la sienne ? Et le reproche est très exagéré : certes, Marie-Louise est attachée à ses petits-enfants mais elle a compris depuis longtemps qu'elle ne compte pas tellement pour eux, les vieillards ne sont pas une compagnie naturelle pour les jeunes gens, il est certain qu'elle ne lui en voudra pas. « Tu sais quoi, je pense qu'elle s'en remettra, maman. » Théo a opté pour l'ironie, qui constitue souvent la meilleure arme pour se dépêtrer d'un piège de cette nature. Toutefois, Anne-Marie ne se situe pas sur ce registre. « Je suis contente de savoir que tout ça n'a aucune importance pour toi et que tu te fiches de son anniversaire alors qu'elle n'en aura peut-être plus tant que ça à fêter », lâche-t-elle avec dépit. L'ironie de son fils l'a blessée, pire elle l'a humiliée. Théo le perçoit très nettement mais il est trop tard pour faire machine arrière. Il monte donc lui aussi d'un ton : « À ce que je sache, ni Julien ni Laura ne seront là non plus. Pourquoi moi, je devrais y aller ? » Il a dit : « y aller » et chacun a entendu : m'y coller ou quelque chose d'approchant. Patrick observe avec inquiétude cet échange qui vire à l'aigre et vole au secours de sa femme : « Si pour toi, c'est à ce point une corvée, tu as raison : il vaut mieux pas que tu viennes. » Le silence tombe alors sur la tablée. On n'entend plus que le bruit des fourchettes à la table voisine, le chuchotement des conversations, et finalement l'exclamation d'un type qui éclate de rire, dans le fond du restaurant.

Anne-Marie déteste les querelles, et plus encore celles avec son fils. Elle n'est pas du genre bagarreur, a horreur des surenchères, elle préfère au contraire calmer le jeu, quitte à passer pour une personne pas courageuse ou pas sûre de ses convictions. Elle serait capable d'argumenter, évidemment, elle éprouve le désir de rabattre le caquet de certains, quelquefois, mais se répète que ça ne produit que de la mauvaise bile et des rancœurs qu'on traîne.

C'est pour cette raison qu'elle a si mal vécu les tiraillements des dernières semaines avec Théo. Il est arrivé qu'ils s'écharpent, qui plus est pour pas grand-chose, le choix d'un vêtement, l'explication alambiquée d'une absence au dernier moment, il est même arrivé qu'elle termine une discussion vive et mal emmanchée par un : tant que tu vis sous ce toit, tu fais ce que je te demande ! assez puéril et qu'elle avait regretté aussitôt.

Elle s'est rendu compte, après coup, que chaque fois, en réalité, elle s'efforçait de garder son fils dans son giron, que chaque fois il s'employait à manifester son indépendance, à la forger. Au fond, elle ne supportait pas qu'il échappe à sa vigilance. Qu'allait-il devenir loin d'elle ? Et ce monde n'était-il pas trop dangereux pour lui ? Était-il suffisamment armé ? Elle, elle savait le protéger, elle le protégeait depuis sa naissance. Serait-il capable de se débrouiller sans elle, et même tout bêtement de prendre soin de lui ? Les agacements étaient à mettre sur le compte de la peur, il ne fallait pas s'y tromper, la peur ancestrale des mères. Et lui, en retour, en se détachant d'elle, de son emprise, il lui demandait simplement de lui faire confiance, mais c'était si difficile à entendre, si difficile à accepter.

Afin de ne pas reproduire le tourment que lui ont procuré ces chamailleries idiotes, Anne-Marie rend les armes : « On ne va pas se disputer. Pas un jour comme aujourd'hui. »

Et, avec cette dernière formule, elle les ramène à l'essentiel : leur séparation imminente, le départ du dernier enfant, la fin de la famille, la fin des jours heureux peut-être.

Théo s'empare volontiers du drapeau blanc que sa mère agite : « Ce que je ferai, c'est que je téléphonerai dimanche, quand vous serez chez mamie, je lui souhaiterai son anniversaire, et comme ça on sera tous un peu ensemble, hein ? » La mère acquiesce d'un sourire à ce compromis (le sourire est certes un peu forcé mais au moins il marque la fin des hostilités). Et pousse dans la foulée son avantage : « Et tu as intérêt à nous appeler, nous aussi, régulièrement, pour donner de tes nouvelles ! »

Cette fois, c'est au tour du fils de lâcher un bref sourire : sa mère ne renonce décidément jamais ! « Maman, on en a déjà parlé : bien sûr que j'appellerai. Et il y a les SMS, FaceTime, tout ça, t'as pas oublié ? »

Les SMS, FaceTime, tout ça, non elle n'a pas oublié. Il se manifestera, il enverra des signes. Il rédigera des messages courts, avec des smileys dedans, et des fautes d'orthographe, il répondra oui, non, OK aux siens, qui seront plus longs. Il y aura des preuves de lui sur son téléphone. Parfois il apparaîtra sur l'écran, portant des oreillettes, marchant dans une rue, se déplaçant dans son studio, la communication ne sera pas toujours bonne, l'image sera mouvante, floue, mais ce sera lui, quand même. Oui, il sera là, encore, avec elle. Différemment, c'est tout. Il suffira de s'y habituer. Il faudra bien s'y habituer. Au début, ils échangeront tous les deux ou trois jours probablement. Mais au bout d'un mois ? de trois mois ? Elle le connaît, il va se lasser, il n'aura plus grand-chose à lui raconter, il sera embarqué dans une autre vie où elle n'aura pas sa place, les conversations s'espaceront et elles seront plus courtes, il prétextera un devoir à rendre, des gens à voir, un autre appel, pour raccrocher. En effet, il y aura les SMS, FaceTime, mais qui sait si ça ne sera pas un lent poison ?

*Le dernier enfant*

Ils commandent les desserts et, tant qu'à faire, jouent jusqu'au bout le cliché américain : cheese-cake pour elle et lui, brownie pour Patrick. Elle dit : « J'ai essayé d'en faire une fois, un cheese-cake et j'avoue que le résultat n'a pas été brillant. C'est compliqué, faut dire. Ça se fait avec ce fromage à la crème, comment il s'appelle déjà, ah oui, le Philadelphia, tu ne le trouves pas partout. Et je n'avais pas pris les bons biscuits, je crois. » La spécialité d'Anne-Marie, c'est la tarte aux pommes. Son secret, c'est la préparation qu'elle ajoute sur le dessus, un mélange de crème fraîche, d'œufs, de sucre vanillé et une lichette de rhum, ça donne du goût. Théo en raffolait quand il était gamin, il en réclamait toujours, elle n'avait pas forcément le temps, quand tu rentres tard du travail tu ne peux pas te lancer dans de la pâtisserie, mais elle finissait malgré tout par céder à son caprice le plus souvent, elle faisait alors semblant d'avoir besoin de lui, il avait l'impression d'avoir filé un coup de main et, après, il était aux anges. S'en souvient-il ? Se souvient-il de ce moment qui n'appartenait qu'à eux ? Désormais, ils mangent un cheese-cake qui a tout l'air industriel, en tout cas bourré de colorants, en assurant qu'il est délicieux.

Une fois les assiettes desservies, elle demande un café, elle qui n'en boit qu'au petit déjeuner. Patrick s'en étonne d'un froncement de sourcils, avant de comprendre que ce qui compte pour sa femme, ce qui compte absolument, c'est de prolonger leur présence dans ce *dîner* irréel, de repousser le plus longtemps possible l'instant où il n'y aura rien d'autre à faire que se séparer. Il dit : « Je vais en prendre un moi aussi, tiens. » Et tandis qu'ils le dégustent à petites gorgées, elle sent une panique sourde l'envahir.

# 5
# Le retour

Ils se tiennent tous les trois sur le trottoir, devant la voiture, comme engourdis, empruntés. La rue est étrangement calme, mais le calme est-il si étrange un dimanche après-midi, une bourrasque s'y engouffre qui fait s'envoler un papier journal, le traînant sur quelques mètres avant qu'il ne retombe sur le goudron. Ils savent qu'ils n'ont plus de raison de rester, de rester ensemble : l'emménagement est fait, Théo doit encore ranger quelques affaires, bien entendu, mettre un peu d'ordre, et tout simplement prendre ses marques dans son studio mais c'est lui seul qui s'en chargera, le déjeuner est terminé, il était plutôt bon malgré les réticences suscitées par le décor, ils ont pris leur temps, réglé l'addition, Patrick en a profité pour glisser un billet de cinquante euros dans la main de son fils qui a d'abord refusé, pour le principe, avant d'accepter, cinquante euros on en a toujours besoin, et tant pis pour la menue vulgarité du geste, ils ont laissé le restaurant derrière eux, à l'approche du Kangoo Patrick a sorti la clé de sa poche, activé l'ouverture automatique des portes, puis inspecté brièvement la carrosserie pour vérifier qu'aucun plaisantin ne l'a rayée ou enfoncée, dans cette ville on ne sait jamais, les gens ne sont pas tous respectueux ou ils conduisent n'importe comment, il est rassuré, le véhicule est intact, désormais les parents peuvent rentrer et le fils regagner son appartement, c'est l'heure.

Anne-Marie savait que ce moment arriverait, elle s'y était préparée mais elle n'était jamais parvenue à l'imaginer, ce n'était jamais concret, circonstancié, tangible, ça restait une idée, l'idée de la séparation, presque une théorie, ça n'avait pas de réalité, et maintenant ça arrive, il y a un endroit, une heure, une couleur de ciel, un parfum, celui abandonné par des pots d'échappement, celui persistant du goudron, et ça se présente comme une *dislocation*.

Patrick a conscience qu'il faut l'écourter, ce satané moment, à quoi servirait de faire durer le supplice, il prend donc les choses en main : « Bon, il commence à faire frisquet et puis on a un peu de route, mine de rien. » Personne n'est dupe, il ne fait pas si froid et rentrer à la maison ne prendra qu'une grosse demi-heure mais chacun a bien saisi le sens de ce soudain empressement. Anne-Marie, même si elle répugne à ce qui s'annonce et serait encline à dénicher tous les subterfuges pour retarder l'échéance, reconnaît, en son for intérieur, que son mari a raison : deux ou trois minutes supplémentaires ne changeront rien à l'affaire, mieux vaut trancher dans le vif. Elle s'approche alors en silence de Théo et le serre contre elle dans un mélange de fermeté et de maladresse. Lui, en retour, se laisse faire. Mieux, par réflexe, à moins que ce ne soit pour témoigner de l'affection, une gratitude peut-être, il enlace sa mère à son tour.

Il y a ça, d'un coup, dans un été qui s'en va, dans une rue déserte, sur un trottoir balayé par le vent, une mère et son fils, arrimés l'un à l'autre.

Elle est tentée de dire quelque chose, de prononcer quelques mots, sans savoir lesquels, pas des mots mélodramatiques en tout cas, elle ne va pas se lancer dans une déclaration, dans une improvisation pompeuse, non, des mots tout simples, tout bêtes, « prends soin de toi », ou « n'oublie pas de téléphoner », et même des mots triviaux, « je t'ai mis des restes dans ton frigo, mange-les vite », cependant elle devine qu'elle pourrait facilement être submergée par l'émotion. Elle s'abstient donc, elle serait ridicule si elle ne réussissait pas à finir sa phrase.

Et le silence, est-ce que ça ne dit pas davantage ?

Mais subitement, ça l'envahit, ça la submerge : elle pense à tout ce qu'elle aurait aimé qu'ils fassent ensemble et qu'ils n'ont pas fait. Aller au cinéma, juste tous les deux, regarder le même film au même moment dans l'atmosphère particulière d'une salle obscure, et en discuter après, échanger leurs points de vue. Accepter d'écouter les chansons d'Ed Sheeran, tenter de comprendre pourquoi il faudrait les aimer, et, en contrepartie, lui faire partager sa passion adolescente, jamais abdiquée, pour Étienne Daho. Se promener de temps en temps en forêt, côte à côte. Visiter Londres avec lui parce qu'il est doué en anglais et qu'il l'aurait guidée, ils en avaient parlé une fois. Quand ses amis se réunissaient dans sa chambre, apparaître en apportant des boissons, un en-cas et ne pas embarrasser, au contraire être accueillie, se sentir à l'aise et ne pas se sentir en trop. Avoir des discussions sur les choses du moment, être dans le coup. Lui raconter combien ses grands-parents étaient des gens formidables, fonceurs, audacieux. Aller se recueillir sur leurs tombes mais elle se répétait : un cimetière, ça n'est pas la place d'un enfant. Elle aurait voulu tout bêtement ralentir la course du temps : il lui a filé entre les doigts comme le sable sur la plage en août. Elle ne peut s'empêcher d'être consumée par des regrets. Elle se battrait.

Après ? Après, elle relâche son enfant, son splendide enfant, lui permet de faire un pas en arrière tandis qu'elle-même s'éloigne, pour se rapprocher de la portière de la voiture, et s'installer à cette place qu'on désigne comme celle du mort (elle songe à cette expression, la « place du mort », en cette seconde, c'est grotesque, ça pourrait lui arracher un mauvais rire mais elle y songe, on a de ces pensées dans les moments blessants).

Pendant ce temps, Patrick adresse un bref signe à son fils, une salutation à distance, modeste, sans doute est-il retenu par sa réserve naturelle, ou bien il entend ramener la situation à sa juste proportion, après tout ils se reverront bientôt, ils sont toujours ses parents, il est toujours leur fils, rien n'a changé, pourquoi faudrait-il des gestes extraordinaires ?

Théo reste planté là tandis que ses parents bouclent leurs ceintures, que les portières claquent et que la voiture démarre. Pourtant, il pourrait d'ores et déjà rentrer chez lui, parcourir les trois cents mètres qui le séparent de son nouveau domicile, ce serait une façon de ne pas conférer de solennité à ce qui advient, mais cela témoignerait d'une indifférence méchante à l'égard de la peine immanquable de sa mère. Et méchant, il ne peut pas l'être : celle qui s'éloigne est tout de même son premier amour. D'ailleurs, lui aussi, il est ému, et ça le décontenance, ça le déséquilibre un peu, il ne va pas le nier. Ce n'est pas rien, ce qui se passe, c'est un basculement vertigineux ; il entre dans la grande photo du monde.

Quand la voiture déboîte et commence à rouler, il lève soudainement la main dans sa direction. Pour dire au revoir. Il ne l'a pas prémédité, il le jure, de fait il a obéi à un élan, irrépressible, il en est le premier étonné, au point qu'il envisage un court instant de se reprendre, de se corriger mais finalement il demeure la main levée, l'agitant mollement, il ne se souvient pas d'avoir jamais fait ça auparavant ; parfois la tendresse est un mouvement qui nous échappe. Et parfois il faut se détacher de ses parents pour s'apercevoir à quel point on tient à eux, même si on le nierait, y compris sous la torture.

Son père l'observe dans son rétroviseur et sa mère dans le sien. À mesure que la voiture prend de la vitesse, Théo rapetisse, avec sa main toujours levée, et devient flou. Patrick fixe alors la route et tourne à droite. Anne-Marie, quant à elle, renoue avec la douleur brute, blanche, pure qu'elle avait éprouvée le jour de l'accident, le jour de l'hôpital. Sauf que cette fois, elle en est sûre, elle vient de perdre son fils. Il n'est pas mort, et pourtant elle l'a bel et bien perdu.

Dans l'habitacle, le silence est pesant. Patrick envisage d'entamer une conversation, à propos de n'importe quoi, de ce qui lui passera par la tête mais il s'est déjà livré à pareille diversion quelques instants plus tôt, avec son allusion à la fraîcheur, à la distance à parcourir, c'est une carte qu'on ne joue qu'une fois, sinon ça devient trop voyant. Anne-Marie va se rendre compte de la manœuvre et ce sera pire encore, elle ira penser : mon mari me prend pour une imbécile et mon mari me prend pour une faible femme. À la place, il choisit d'allumer la radio, il suffira de dégoter une station qui diffuse de la chanson française, ça remplira le silence, ça injectera une distraction, ça répandra de la douceur. Mais à peine a-t-il appuyé sur le bouton *on* et commencé à faire défiler les stations, à peine ont-ils entendu le commentaire d'un match de foot puis des bribes des « Lacs du Connemara » qu'elle pose la main sur la sienne pour le prier d'éteindre. « Non, je ne préfère pas. » Non, elle ne préfère pas.

Est-ce à dire qu'elle préfère leur embarras, leur inconfort et le grondement sourd et entêtant du bitume sous les roues ?

Et voilà que le temps se couvre. Certes à la télé, hier soir, ils avaient annoncé une météo changeante, une alternance de belles éclaircies et de courtes ondées mais il faut avouer que le moment est mal choisi pour que le ciel se voile et que des nuages viennent tamiser la lumière, griser le paysage alentour, jeter des ombres. Depuis quand la météo se cale-t-elle sur l'humeur avec une telle sûreté, une telle exactitude ?

C'est alors que, sans prévenir, et sans s'y attendre elle-même, Anne-Marie éclate en sanglots. Elle luttait depuis la fin de l'étreinte, depuis la dislocation, elle luttait en silence tout en restant convaincue qu'elle parviendrait à se maîtriser. Elle pleure si peu ; même devant les films, elle ne pleure que rarement. Et elle a horreur de se donner en spectacle. Avec les années, avec l'âge, elle a encore mieux appris à dominer les emportements. Il faut croire que l'émoi est trop violent. Elle porte ses mains à son visage pour essuyer les sanglots mais rien n'y fait, d'autres les remplacent. Ce sont des sanglots inarrêtables, inépuisables.

Patrick est, lui aussi, décontenancé. S'il avait perçu l'abattement de sa femme, si même il se doutait de la censure qu'elle s'infligeait depuis leur départ, il n'imaginait pas qu'elle pourrait craquer, elle, d'habitude toute en retenue, il n'imaginait pas que la torture était si forte, le mal si profond. Et il ne sait pas quoi faire, il n'a jamais eu à gérer ce genre de situation. Qui plus est, il est au volant, il roule, comment la consoler ? Impossible d'accomplir un geste. La seule chose qu'il puisse faire, c'est parler. Il dit : « Il ne faut pas te mettre dans des états pareils. » Et regrette aussitôt. Non pas ses paroles, mais la façon dont il les a prononcées. Il aurait voulu y mettre de la bienveillance, de la compassion.

Au lieu de ça, il donne l'impression de la sermonner. D'ailleurs, ça ne rate pas : Anne-Marie détourne le visage vers la vitre comme si elle tâchait d'épargner à son mari un spectacle qui lui déplaît.

Dans l'affolement, il repère une sortie et bifurque un peu brusquement. Une minute plus tard, il circule dans une zone commerciale et gare la voiture sur le parking désert d'un Auchan. Le moteur éteint, il n'ose pas prendre sa femme dans ses bras mais pose une main sur son épaule, comme pour lui signifier qu'elle peut pleurer, qu'elle en a le droit, que ce n'est pas grave, et pour lui dire qu'il est là, avec elle, et qu'il attendra le temps nécessaire. Alors, devant cette sollicitude sobre mais émouvante, Anne-Marie se calme peu à peu, sèche les larmes, recouvre ses esprits. Quand elle redresse la tête, elle découvre, derrière le pare-brise qu'une légère bruine vient poisser, la façade du Auchan et leur solitude sur le parking. Elle pourrait en être accablée, cependant elle choisit d'en sourire. « Dis donc, c'est pas folichon par ici », lâche-t-elle dans un dernier hoquet. Patrick, à son tour, esquisse un sourire.

Et puis, ils ne se disent rien. Pendant de longues minutes. Rien.

En réalité, ils ont besoin de ce mutisme, de cette immobilité. Elle pour s'extraire de sa gangue, simplement récupérer une respiration normale. Lui pour prendre enfin conscience qu'avec l'envol de leur dernier enfant, c'est en effet un très long chapitre de leur vie qui se referme et que la femme, assise à côté de lui, à laquelle il est marié depuis près de trente ans, ne sera peut-être plus la même personne.

Ils sont ramenés à la réalité par des exclamations et par un bruit reconnaissable entre tous : celui des roulettes d'un chariot de courses et de sa panière métallique qui brinquebale. Des gamins de douze, treize ans, amarrés à ces bolides de pacotille, s'amusent à faire la course entre eux ; on s'occupe comme on peut le dimanche dans les périphéries des villes. Patrick redémarre la voiture, reprend lentement la bretelle et retrouve la route de la maison. Sur le trajet, c'est Anne-Marie qui, cette fois, allume la radio. Eros Ramazzotti chante « Una storia importante ». Elle aime bien cette chanson. Elle était encore adolescente quand elle l'a entendue pour la première fois, et puis c'est devenu un immense succès.

Sa vie a passé, la chanson est restée.

# 6
# Les enfants

Elle se disait : le pire est derrière moi – le pire, c'étaient ces larmes, ce chagrin phénoménal, brouillon, surgi comme un diable de sa boîte, et ce qu'il signifiait – et maintenant, ça va aller. Elle se disait : les larmes ont fonctionné comme une purge, je me suis débarrassée de la désolation, du cafard, et maintenant les choses vont reprendre leur cours normal. D'ailleurs, demain, je serai au travail, occupée à ma tâche, concentrée sur le bip de ma caisse, je n'aurai le temps de penser à rien, à la pause je discuterai avec mes collègues, de la pluie du beau temps de n'importe quoi sauf de Théo, et puis je ferai des courses, je n'aurai pas l'occasion de ressasser. Elle n'a donc pas anticipé le choc qui se produit à la seconde exacte où elle pousse la porte du pavillon, le choc provoqué par la maison vide, la vision de la maison vide, le silence épouvantable de la maison vide. Un foudroiement.

Pouvait-elle l'anticiper ? Il est très fréquemment arrivé qu'elle rentre la première à la maison, il n'y avait personne, pas un bruit, et ça ne lui faisait rien. Mais la différence, évidemment, c'est qu'elle savait que les autres allaient finir par rentrer à leur tour et que les pièces une à une se rempliraient de bruit, de conversation, de désordre. Là, dans le foudroiement, elle *apprend* que personne ne va venir, que le silence va durer, qu'elle aura droit au mieux aux pas feutrés de son mari et à ses paroles rares.

Elle sait également que, si elle se rend dans la chambre de son fils comme elle l'avait planifié, pour faire un peu de ménage, si elle cède à cette folie, elle ne le trouvera pas, elle ne trouvera pas ses vêtements épars, ni son bureau encombré, ni le grésillement de son ordinateur resté allumé et devine qu'elle ne le supportera pas, parce que ce sera insupportable.

Sous l'effet du foudroiement, elle vacille. Littéralement. Elle a l'impression que ses jambes la trahissent. Donc ça arrive, les jambes qui se dérobent, le corps qui lâche ? Elle doit se rattraper au loquet de la porte tandis que Patrick inspecte une dernière fois la carrosserie du Kangoo, garé dans l'allée. Ainsi elle ne tombe pas. Elle ne tombe pas.

Rassurée, elle dépose son trousseau de clés sur le guéridon, accroche son sac à main à la patère et avance, mais lentement, très lentement, comme si elle progressait dans un champ de mines. Quand elle s'en rend compte, elle se redresse, accélère le pas, c'est idiot, cette appréhension et puis son étourdissement a été très bref, c'est passé maintenant. Dans la cuisine, elle se dirige vers la fenêtre et remonte le store mécanique qu'elle avait partiellement fermé ce matin dans le but de conserver un peu de fraîcheur. Le temps s'est couvert, la chaleur n'est plus à redouter et même si le soleil a disparu, un peu de la lumière du dehors ne fera pas de mal. Par la fenêtre, elle contemple sa pelouse fraîchement tondue, ses haies parfaitement taillées et, pour la première fois, au lieu d'en être fière, elle ressent une drôle d'oppression dans la poitrine, qui l'oblige à y porter la main. Détournant le regard, elle aperçoit alors le grille-pain, quelques miettes autour et le paquet de pain de mie. Machinalement, nerveusement, elle range le paquet dans un placard. Mais que peut bien fabriquer Patrick ? On dirait qu'il s'affaire dans le garage. Qu'a-t-il de si urgent à chercher, à déplacer, à mettre en ordre ? Cependant, elle n'est pas mécontente qu'il ne la surprenne pas en cet instant où elle s'arrime à la paillasse et pense : ce matin encore mon fils était là, ce matin encore il était à moi.

Elle s'en veut de se découvrir fragile, ébranlée, et pour tout dire mièvre : cela ne lui ressemble pas. Certes, le départ de Théo l'affecte beaucoup, elle l'admettrait sans difficulté, si son mari ou qui que ce soit lui posait la question, elle répondrait oui, oui bien sûr, comment il pourrait en aller autrement, il faudrait être insensible, ne pas avoir de cœur pour se comporter comme si de rien n'était, et d'ailleurs il n'y a pas de honte à ça, personne ne lui en ferait le reproche, tout le monde sait que c'est douloureux, le jour où les enfants s'en vont, c'est douloureux depuis la nuit des temps, pourquoi elle échapperait à la règle, à la malédiction, non ce qu'elle ne comprend pas c'est comment elle peut être bousculée, débordée *à ce point.*

Elle a bien entendu parler de stress, de traumatisme, ces mots ont été écrits dans des ouvrages sérieux, prononcés par des experts, mais elle ne croyait pas que ça pouvait se manifester physiquement, que ça pouvait faire mal dans la carcasse, que ça pouvait envoyer valdinguer. En fait, c'est tout bête : la solitude (car comment nommer autrement la conséquence du délaissement ?), le silence (ce néant dans lequel elle entend déjà ses pas résonner) et l'ennui (à quoi va-t-elle occuper ses heures dorénavant ?) écrasent, pressurent, bousillent, ils sont comme des coups portés, et qui laisseront des bleus, des ecchymoses, des plaies.

Elle doit se reprendre. Elle doit absolument se reprendre. Et d'abord, commencer par s'occuper, faire quelque chose. Du rangement ? Pourquoi pas ? Il y a toujours des placards de cuisine à inspecter pour déterminer quoi conserver, quoi jeter, toujours un frigo à vérifier, on ne prête pas forcément attention aux dates limites de consommation des produits frais ou on oublie de la nourriture dans un bac et elle s'avarie, toujours des armoires à inventorier, on conserve trop de vêtements qu'on ne portera plus, on mélange l'été et l'hiver. Du ménage ? Il y a toujours un coup de serpillière à passer, ces carrelages ça se salit si vite, ou ça fait des traces, quand Patrick revient du jardin par exemple il n'est pas rare qu'il ait de la gadoue accrochée à ses chaussures, toujours un lavabo de salle de bains à récurer, il faut gratter les résidus de dentifrice, ou faire couler l'eau pour que disparaissent les poils de barbe, toujours une paroi de douche où le calcaire s'est incrusté, toujours des meubles où la poussière s'est déposée, toujours des vitres constellées de traces de pluie. Non, pour sûr, ce ne sont pas les corvées qui manquent. D'ailleurs, Patrick lui-même n'est-il pas en train de trifouiller dans son garage ? Sauf que le courage lui manque. Et puis, soyons honnêtes, sa maison ne nécessite pas un branle-bas de combat : la propreté, l'ordre ont toujours été son obsession.

Alors quoi ? Alors parler, à voix haute, causer, pour que le bruit revienne, pour que la pensée travaille. Elle va passer des coups de fil. Oui, c'est bien ça, les coups de fil, on ne sort pas de chez soi, les autres ne voient pas qu'on a une tête épouvantable, et ça passe le temps. Sa fille. Elle va appeler sa fille. Au moins quinze jours qu'elle ne se sont pas donné de nouvelles. Il faut reconnaître qu'elle est difficile à joindre, Laura, toujours en réunion, en rendez-vous, en *conf call*, comme elle dit, en déplacement, toujours dans des déjeuners professionnels puis des dîners avec des tas d'amis sur des terrasses bruyantes jusqu'à pas d'heure, le reste du temps en week-end dans des pampas où « ça capte mal ». Mais qui sait, ce dimanche après-midi, elle a peut-être décidé de rester chez elle, au calme, de profiter d'un repos bien mérité. Ça y est, ça sonne. Une fois, deux fois, trois fois, quatre fois. Et l'appel bascule sur la boîte vocale où, sur un ton un peu trop enjoué, Laura annonce d'abord en espagnol ensuite en français qu'elle n'est « pas disponible pour le moment ». Anne-Marie raccroche sans laisser de message. Elle sait que ça ne sert à rien.

Son fils, dans ce cas. Son aîné. Elle a plus de chances : il est plus sédentaire. Depuis qu'il est en couple, il est même devenu casanier. Son épouse y est pour quelque chose : elle n'aime pas tellement sortir et c'est plutôt elle qui porte la culotte dans le ménage, d'après ce qu'Anne-Marie a cru comprendre. Elle en a d'ailleurs été surprise au début : Julien avait connu une phase remuante entre dix-huit et vingt-cinq ans, la stabilité n'était pas tellement son truc, mais en rencontrant Pauline, il s'était brutalement assagi. Il y a des hommes comme ça qui ont besoin d'être tenus par les femmes, ou qui ne trouvent leur salut que dans une forme de soumission consentie.

Il décroche à la première sonnerie : il « zone sur son canapé », marmonne-t-il d'emblée, et son téléphone était à portée de main. Sa mère l'imagine vautré et vêtu de son éternel survêtement (il la corrige systématiquement, précisant qu'il s'agit d'un « jogging, maman ») mais s'assure de sa disponibilité : « Je ne dérange pas, tu es certain ? » La réponse fuse : « Je regarde une connerie à la télé. » Elle enchaîne alors avec des banalités sur la météo, sur son père qui « trafique je ne sais quoi dans son garage, tu le connais, il doit être en train de ranger ses outils, pour ce qu'il s'en sert ! ». Julien serait disposé à poursuivre ce babillage inconsistant mais devine, pour une fois, qu'il cache quelque chose : « T'es sûre que ça va, maman ? » Avec son interpellation, il ouvre une vanne. D'ordinaire, Anne-Marie dissimule sans difficulté ses états d'âme, considérant qu'une mère n'a pas à embêter ses enfants avec ses éventuels soucis, qu'elle doit au contraire se montrer guillerette et positive en toutes circonstances, et, de toute façon, la plupart du temps, c'est elle qui demande des nouvelles, de sorte que personne ne songe à prendre des siennes. Mais aujourd'hui, c'est différent. Aujourd'hui, elle a appelé précisément dans l'intention de se libérer de ce qui l'oppresse, de ce qui pourrait presque la faire suffoquer.

Elle opte néanmoins pour des termes neutres : « On a aidé ton frère à déménager ce matin. » Julien n'est pas dupe et mesure aussitôt l'étendue des dégâts. Il sait à quel point Théo est un sujet sensible, à quel point le départ de Théo avait tout d'une catastrophe annoncée. Jugeant urgent de ne pas jeter de l'huile sur le feu et peut-être même de l'éteindre, ce foutu incendie, il minimise d'emblée la portée de l'événement : « Ah oui, c'est vrai que c'était ce matin... » Sauf que sa désinvolture arrive trop tard : Anne-Marie entend se livrer, elle n'est pas capable de garder pour elle le déchirement qu'elle vit. « Je ne te cache pas que ça a été un peu dur. » Julien se redresse sur son canapé, baisse le son de la télé et fait signe à Pauline, laquelle l'interroge du regard, que tout va bien : c'est sa mère, il « gère ». Il s'en tient à l'atténuation, à son souci de dépassionner : « Il n'est pas très loin, je te rappelle. Et il viendra le week-end, quand il aura besoin que tu t'occupes de son linge ou d'avaler un repas correct. » Normalement, cette observation, du reste frappée au coin du bon sens, devrait arracher un sourire à Anne-Marie, au moins la rassurer. Cependant, c'est tout le contraire qui se produit : « Oui, il prendra la maison pour un hôtel. Et pour une cantine. » Elle met, dans son intonation, malgré elle, tant de misérabilisme que même Julien, qui n'est pas un grand sentimental, en a le cœur serré. Histoire de la consoler, il improvise : « Si ça se trouve, dans quinze jours, il rappliquera à la maison la queue entre les jambes. » Mais elle a visiblement eu le temps de réfléchir à la question et balaie l'hypothèse : « Non, il est trop fier, Théo. » Et, à nouveau, les mots se brisent. Julien se voit donc contraint de changer de registre : « Maman, tu dois reconnaître que c'est bien qu'il s'en aille, c'est bien pour lui, ça veut dire qu'il grandit, qu'il s'assume, tu devrais être fière. Moi, en tout cas, je suis fier de lui. » Elle découvre, vaguement effarée, que les plus proches ne sont d'aucun secours dans les épreuves. Non mais qu'est-ce qu'il raconte ? Il devrait plutôt lui confirmer que ce départ est une hérésie, que Théo aurait pu attendre un peu. Son courroux se transforme en détresse : « J'ai peur pour lui, tu comprends. » Elle dit la vérité, elle oublie simplement d'ajouter qu'elle a peur pour elle aussi, qu'elle est terrorisée, qu'elle non plus ne sait pas du tout comment se débrouiller.

Au téléphone, Julien comprend qu'il est de son devoir de rassurer sa mère. Ce faisant, il apprend une leçon nouvelle : les fils parfois rassurent les mères, le rapport un jour s'inverse et c'est maintenant, c'est maintenant que ça se passe, elle a toujours pris soin de lui, elle prend encore soin de lui alors qu'il a vingt-sept ans et voilà que, dans un inattendu retournement, il doit prendre soin d'elle, se montrer attentif, attentionné, prononcer des mots réconfortants : « T'inquiète, il s'en sortira très bien. Il est dégourdi, Théo. » Dans le combiné, il croit entendre un hoquet. Sa mère s'oblige-t-elle à ne pas pleurer ? Réprime-t-elle des sanglots ? Il ne peut pas lui poser cette question, ce serait trop intime, trop intrusif, il choisit de laisser le silence s'installer.

Au bout de presque trente secondes, il n'en peut plus, quand même c'est bizarre de partager un si long silence avec sa mère, d'ailleurs ça ne s'est jamais produit avant, il lâche alors les seuls mots qui lui viennent : « Maman, faut couper le cordon, tu sais. »

Ah non, pas ça, pense-t-elle. Pas cette expression toute faite qu'on lui serine. Chaque fois, elle a envie de répliquer : un, il a été coupé ce cordon, qu'on arrête avec ce refrain ; deux, pas par moi, et on s'étonne après. Pourtant, elle ne balance jamais cette réplique. Les gens lui objecteraient qu'elle n'a rien compris, qu'il s'agissait d'une métaphore. Comme si elle ignorait ce qu'est une métaphore ! Et sa réponse à elle, elle ne serait pas métaphorique, par hasard ? Elle dit : « Oui oui, je sais. »

Elle change de sujet (ou peut-être pas, si elle décidait d'y songer) : « Il t'a dit s'il avait quelqu'un ? » Anne-Marie n'est pas en train de manifester une jalousie, de réclamer un amour exclusif, elle n'est pas ce genre de mère, elle est tout bonnement en train de s'assurer qu'elle n'a pas *abandonné* son fils.

« Il ne m'a parlé de personne. » Julien ment-il ? Au moins par omission ? Parce que son frère lui aurait ordonné de se taire ? Ou bien ne dispose-t-il effectivement d'aucune information ? C'est le plus plausible : ses deux garçons ne se joignent pas fréquemment, engagés qu'ils sont dans des existences si différentes, et puis, il y a ces presque dix ans qui les séparent, et Théo est si secret. Oui, il est plausible qu'il n'en sache rien. Pourquoi diable est-elle allée l'interroger sur ce sujet délicat ?

« Bon, mon chéri, je vais te laisser. Tu as sûrement des choses à faire. » Formule curieuse alors qu'il lui a avoué plus tôt être avachi devant la télé à regarder un programme qu'il n'a même pas été fichu de nommer. En réalité, Anne-Marie tient simplement à ne pas prolonger un moment où elle ne se montre pas à son avantage. Julien ne discute pas la décision maternelle. Il a juste le temps de glisser un « ça va aller » qui résonne de façon lugubre aux oreilles de sa mère. Quand elle raccroche, elle est encore plus désemparée. Elle escomptait une sorte de consolation même si jamais elle ne l'aurait exprimé ainsi et même si elle devinait que son aîné n'était pas la personne idoine pour la lui apporter. Résultat : non seulement elle n'est pas consolée mais sa confusion s'est aggravée.

Quoi faire désormais ? Qu'est-ce qu'elle fiche, le dimanche, d'habitude ? Elle cherche et ne trouve pas. C'est fort de café : elle doit bien en faire, des trucs. Mais rien ne lui vient. Sans doute se contente-t-elle de traîner un peu, une fois son ménage accompli, de s'occuper de ses géraniums, de feuilleter son bouquin du moment, de zapper sur les chaînes de télévision ou de discuter avec Patrick, au sujet du magasin, des amis à inviter un de ces quatre ou des factures à payer. Sans doute le temps passe-t-il sans qu'elle s'en rende compte et vient-il accorder un peu de répit après la fatigue de la semaine. Ah si, il lui arrive de faire un saut jusqu'à la rivière, c'est une promenade agréable, elle remonte l'allée de tilleuls, prend à gauche dans la rue Vincent-Auriol, longe le stade municipal et se retrouve sur le pont. C'est quand même l'attraction du coin, ce pont ouvragé qui surplombe les gorges, c'est même la seule chose qui ramène quelques touristes. Sauf qu'elle ne se sent pas la force d'entreprendre cette balade. C'est bien simple : elle ne se sent la force de rien.

Du reste, elle se laisse tomber sur une chaise, elle jurerait que son corps pèse des tonnes ou bien le simple fait d'arpenter la pièce, son téléphone plaqué à l'oreille, a suffi à l'exténuer. Et elle demeure assise, de longues minutes, le regard aveugle, les bras lourds. Se peut-il qu'elle ne possède même plus l'énergie de se relever ? Elle s'oblige à se ressaisir et repère une tache sur la paillasse, une tache qui aura échappé à sa sagacité. Elle vient de trouver une raison de s'arracher à la chaise, elle s'empare de l'éponge et frotte, s'acharne même contre la tache provocante ; les réflexes ont ça de bon qu'ils vous fournissent des distractions salutaires. Il ne sera pas dit qu'elle ne serait plus elle-même.

Françoise ! Et si elle proposait à Françoise de passer la voir ? C'est justement une occupation du dimanche depuis que sa voisine est divorcée et seule dans son grand pavillon. Françoise, c'est une sacrément bonne idée. Ni une ni deux, elle l'appelle et l'autre, ravie, lui dit : « À tout de suite, je t'attends. »

Dans la foulée, portée par un allant tout neuf, Anne-Marie se dirige vers l'arrière de la cuisine qui communique avec le garage. En poussant la porte, elle découvre son mari affairé sur son établi et lui trouve un drôle d'air, agacé et misérable à la fois. Il a beau seriner depuis des semaines que le départ de son cadet est une excellente nouvelle : enfin, on va être libres, enfin on va avoir du temps pour nous, il est, à l'évidence, lui aussi, déconcerté et cafardeux, sinon il ne ferait pas cette tête et il ne serait pas en train de s'acharner de la sorte sur ce pauvre établi. Ça joue les matamores ou les indifférents et ça finit penché sur une table de travail, tapant comme un sourd pour fabriquer ou démolir je ne sais quoi. Elle hurle pour qu'il l'entende qu'elle « file chez Françoise » et, sans s'interrompre, Patrick opine du chef. Clairement, ça ne le dérange pas plus que ça qu'on le laisse seul avec son bois dur à maltraiter et sa peine inavouable à ruminer.

# 7
# Françoise

Devant le pavillon, une pelouse verdoyante parce que méthodiquement et abondamment arrosée : « Il n'y a pas de secret », répète Françoise. En son milieu, parfaitement rectiligne, une allée de pavés Manoir d'allure rustique avec leur patine et leur surface irrégulière ; elle y tenait beaucoup, elle les a choisis avec soin et en parle avec ferveur. Au pied de la façade, tout le long, des rosiers remontants entretenus avec méticulosité ; elle est intarissable sur le meilleur moment pour les tailler, sur les différentes floraisons.

À l'intérieur, le même ordonnancement pointilleux. Chaque chose est à sa place et tout est nickel. Certes, Anne-Marie ne raffole pas des rideaux à motifs, des napperons sur les meubles, du canapé en similicuir avec ses surpiqûres, du lustre en verroterie ni du carrelage crème, pour autant elle ne songerait pas une seconde à discuter les goûts de son amie. Certes, Françoise est attachée à une déco qui date de plus de vingt-cinq ans (elle n'en a jamais changé, n'en a jamais éprouvé le besoin, tout est encore en excellent état) et elle est maniaque (les mauvaises langues assurent même que c'est pour cette raison que son mari a pris la poudre d'escampette) mais c'est une femme qui ne se laisse pas aller et qui sait tenir une maison. Elle accueille son invitée avec un sonore : « Je fais bouillir l'eau. » Car Anne-Marie prendra un thé et elle-même se fera son Nescafé.

En attendant que l'eau soit prête, les deux femmes s'installent à la cuisine, de part et d'autre d'une table d'appoint, recouverte d'une nappe en plastique Vichy, qui est devenue, avec les circonstances, la table où Françoise prend ses repas désormais. L'hôtesse y a déjà disposé des galettes pur beurre Saint-Michel mais « j'ai des tartelettes au citron Bonne Maman, si tu préfères », précise-t-elle. Anne-Marie décline : « Non, les galettes, c'est très bien. » Et puis se tait. Sa fatigue déborde. Enfin, évidemment, ce n'est pas vraiment de la fatigue, plutôt un abattement. Un accablement.

Pas besoin de lui faire un dessin, à Françoise. Elle a parfaitement saisi pourquoi sa voisine était désemparée et pourquoi elle vient lui rendre une visite. D'ailleurs, elle attaque d'emblée, sans préalable : « Tu le savais qu'il allait quitter le nid, ça fait des semaines que tu m'en parles. » Anne-Marie ne peut qu'acquiescer : « Oui, bien sûr, mais… mais c'est pas pareil quand ça arrive. Tu as beau t'être préparée, quand c'est là, c'est autre chose. Franchement, je ne pensais pas que ça me mettrait dans cet état. Au passage, je te rappelle que toi-même, quand Anthony a plié bagage, tu n'étais pas spécialement en grande forme. » Elle n'a pas choisi sa confidente au hasard : en voilà une qui a connu l'abandon et le passage à vide qui a suivi. Elle était même à ramasser à la cuiller, Françoise. Il faut dire que pour elle, ça signifiait : se retrouver toute seule, absolument seule, dans la grande maison, puisque, à ce moment-là, Christian avait déjà décampé. Elle avait de quoi ne pas aller bien. D'ailleurs, elle baisse la tête, comme si la défaite était une vieille douleur qui vous lance.

Remarquant la tête baissée, Anne-Marie se rend compte de la cruauté de son observation mais il est trop tard pour rattraper le coup. Elle se rend surtout compte que sa douleur la porte à l'égoïsme. Et s'en veut. Elle se lève alors d'un bond car la bouilloire siffle, signalant que l'eau est chaude. Aujourd'hui, c'est elle qui va officier : il y a de petits dévouements qui disent beaucoup, il y a également des diversions bien pratiques. Françoise décontenancée par ce changement dans leurs habitudes mais compréhensive, déchire un sachet de Nescafé et le verse dans sa tasse puis place un sachet de thé dans l'autre tasse et demeure assise tandis que son invitée verse le liquide bouillant.

« Tu as l'impression qu'il est parti trop tôt, c'est ça ? » La question vise juste mais l'expression a quelque chose de sinistre. « Parti trop tôt. » On l'emploie à propos des morts. Et personne n'est mort. Il ne faut quand même pas exagérer. À moins que cet éloignement ne soit une petite mort. Et qu'il faille, en conséquence, entamer le deuil du disparu. Non, non, non, elle refuse cette comparaison, qui contient un irréparable, un irrémédiable. Et puis qu'apporterait-elle, sinon un peu plus de chagrin, un peu plus de désolation ?

« En fait, j'ai l'impression qu'il n'était pas encore prêt. Comprends-moi, j'ai envie qu'il soit bien, mon fils, épanoui, heureux, tout ça, et je ne lui en veux pas, je respecte son choix, tu vois, mais oui j'ai l'impression qu'il n'était pas encore prêt. » Prêt pour quoi, au juste ? Pour faire des courses sans acheter n'importe quelle cochonnerie ? Pour astiquer, nettoyer, épousseter et ne pas vivre dans un taudis ? Pour ranger ses chaussettes par paire ? Pour penser à refermer son canapé-lit le matin en quittant son studio ? Pour aller en cours sans être rappelé à l'ordre ? Pour traverser la rue sans se faire renverser ? Pour ne pas rentrer trop tard ? Pour fréquenter les bonnes personnes ? Pour quoi d'autre encore ? Bon, c'est idiot. Évidemment qu'il y réussira, il n'est plus un enfant. C'est bien ça, le drame : il n'est plus un enfant.

Françoise ne la rate pas : « Tu n'as pas peut-être assez confiance en lui… » Mais si ! bout Anne-Marie intérieurement. Puisque je l'ai laissé partir quand même, puisque je le laisse faire ce qu'il veut. Mieux, elle se répète depuis des semaines : s'il a voulu ça, voler de ses propres ailes, je dois l'accompagner, mettre un point d'honneur à l'accompagner. Alors pourquoi c'est si difficile ? Est-ce que ce serait de l'égoïsme ? Non.

Non, c'est de l'amour maternel.

« Disons que j'avais encore des choses à lui apprendre », corrige-t-elle. Elle est persuadée – et ça la ronge – de ne pas avoir achevé l'éducation de son fils. D'accord, elle l'a élevé, aidé à grandir, guidé. Elle lui a inculqué des valeurs – elle pourrait citer l'honnêteté, le respect, sans risquer d'être contredite –, des principes – le sens de l'effort, par exemple, qu'il a acquis, oui, malgré sa paresse –, des bonnes manières. Parfois elle a dû le dresser – comme on dresse un chiot débordant d'affection et maladroit –, le remettre dans le droit chemin. À la fin, elle en a fait un jeune homme doux, et plutôt attentionné, et plutôt responsable, en dépit des apparences. Pourtant, à la fin, elle n'est pas entièrement satisfaite. Elle a fait de son mieux mais est-ce que ça suffit, de faire de son mieux ? Il y a forcément des trucs qu'elle a oubliés, d'autres qu'elle a ratés, elle ne lui a pas fourni toutes les armes, parce que, des armes, on en a besoin quand on entre dans la vie, c'est une bataille hein, il ne faut pas croire, une sacrée bataille, si elle avait disposé de plus de temps elle aurait su le rendre plus fort, il est encore fragile, Théo, il clame le contraire mais il se trompe, elle est sa mère, elle sait ça, elle sait sa fragilité, il est trop tendre, elle aurait dû l'endurcir, Patrick a raison, elle a été trop coulante, trop accommodante et maintenant il débarque dans le monde sans armure.

(Ou s'en persuade-t-elle pour justifier qu'elle devait le retenir ?)

Françoise a perçu les atermoiements, les remises en question de son amie mais dispose d'une explication toute trouvée à ce départ jugé prématuré : « Il a vu son frère et sa sœur partir, il a voulu les imiter. Et puis rester, pour lui, ça signifiait rester le petit dernier, le petit, c'est pas valorisant. Enfant, fils de, ils acceptent, ils n'ont pas le choix, mais infantilisé, ils n'ont pas envie. » Ce qu'Anne-Marie, pour elle-même, traduit immédiatement par : il n'en pouvait plus de sa mère, je le sermonnais trop souvent, il manquait d'air, il manquait d'espace, je l'étouffais, c'est pour ça qu'il a fichu le camp.

Voyant que son argument ne porte guère, Françoise en propose un autre qui devrait faire mouche : « Franchement, s'il se sent capable de se débrouiller, c'est que tu as bien fait ton boulot », théorise-t-elle. Voilà : Anne-Marie devrait plutôt éprouver le sentiment du devoir accompli. Les mères devraient avoir davantage d'assurance et se montrer fières : si leurs enfants s'en sortent, c'est le plus souvent grâce à elles et pourtant, elles n'avaient pas de manuel à disposition, pas de bréviaire, elles ont dû se démener, improviser. Elle, Françoise, en tout cas, est fière : « Regarde Anthony, il finit sa médecine. Eh bien, tu sais quoi, je crois que je n'y suis pas pour rien. » Elle marque un point. Sur sa lancée, elle ironise : « Et tu devrais être contente de ne pas te fader un Tanguy à la maison ! » La remarque arrache un sourire à Anne-Marie. En effet, elle aurait probablement détesté qu'il s'incruste, qu'il ne soit pas fichu de quitter le nid avant ses vingt-cinq ans, mais le garder encore un peu ne lui aurait pas déplu, elle n'est pas à une contradiction près.

Françoise poursuit dans sa veine : « Ça a l'air bien, les études qu'il entreprend, non ? » Elle serait bien en peine de dire exactement de quoi il s'agit, de toute façon aujourd'hui les enfants se lancent dans de drôles de filières, des spécialisations alambiquées, les sigles n'arrêtent pas de changer, les diplômes aussi, elle s'en tient à ce qu'Anne-Marie lui a raconté, et quand elle a raconté, justement, ça avait l'air bien. La mère confirme : « Oui, il devrait avoir un bon métier et un bon salaire, c'est un cursus recherché, ce qu'il a choisi. » Elle dit cursus parce que c'est le terme que son fils emploie. Elle évoque également quelquefois ses études supérieures, avec une pointe d'orgueil. Cependant, en ce dimanche, la contrariété l'emporte : « Mais bon, ça va nous le changer, tout ça, on ne le reconnaîtra plus. »

Françoise lève les yeux au ciel : sa camarade est décidément incorrigible. Elle préfère mettre en lumière le côté positif de cette transformation à venir : « Tu auras une autre relation avec lui. Moi, avec Anthony, ce n'est plus comme avant, forcément, mais c'est toujours bien, c'est peut-être même mieux je vais te dire, on a une relation de grandes personnes. » Sauf qu'Anne-Marie n'a pas envie d'une relation de grandes personnes avec son fils, elle veut être sa mère et qu'il soit son fils, son petit. Point.

Elle se saisit d'une galette Saint-Michel, la porte aussitôt à sa bouche et, dans le silence revenu, on n'entend que ça. Le bruit du grignotage est aussi encombrant que si la cloche d'une cathédrale sonnait dans la pièce. Car, dans ce face-à-face, même si la sincérité est totale, tout est embarras. Jusqu'à ce que, reprenant la conversation à son début, à croire que rien n'a été énoncé jusque-là, elle prononce ces mots, comme on passe aux aveux : « J'ai passé presque trente ans à protéger mes enfants, à m'inquiéter pour eux, à les écouter. Et c'est fini. Fini. À quoi je vais servir, maintenant ? »

Son existence s'est organisée autour d'eux, cela ne fait aucun doute. D'autant qu'elle était encore une toute jeune femme quand elle a accouché de Julien. Sa progéniture a mobilisé son temps, sa vitalité, mis à contribution sa concentration, sa patience, son endurance, a remplacé des voyages, des rencontres, des surprises (mais elle ne s'en plaint pas, hein). Elle avait une occupation, un but. Comment fait-on quand cette occupation disparaît du jour au lendemain ? Avec quoi on remplit la vie ?

*Le dernier enfant*

Bien que compatissante, Françoise songe que sa voisine file vraiment un mauvais coton et qu'il est urgent de la sortir de son anémie, de son découragement et de la secouer un peu. Pour ça, rien ne vaut un peu de lucidité : « Tu veux mon avis ? Tu as simplement du mal à lâcher prise. C'est tout. »

Lâcher prise ? Anne-Marie déteste cette expression. Dans quoi Françoise est-elle encore allée la pêcher ? Dans un de ces magazines auxquels elle est abonnée et dont elle raffole ? Une de ces revues qui fournissent des solutions pour toutes les situations, des remèdes pour tous les maux, qui transforment la souffrance en résilience comme les alchimistes le plomb en or ? Lâcher prise ! Non mais pour qui elle la prend ? Pour un coquillage sur son rocher ? Un rottweiler accroché au revers d'un pantalon ? Ou tout simplement pour une mère possessive qui répéterait à l'envi que ses enfants lui appartiennent ? Elle n'est rien de tout ça.

Françoise prend conscience, au rictus de son invitée, que, croyant bien faire, elle a déclenché une petite irritation. Elle corrige donc dans la foulée : « Ce que je veux dire, c'est que ça ne sert à rien d'essayer de contrôler ce qu'on ne peut pas contrôler.

À un moment, nos attentes, ou nos frustrations, on s'en fiche, tu comprends. Il faut juste qu'on accepte les événements. »

Anne-Marie s'étonne d'entendre sa voisine employer les mots « attentes » et « frustrations ». Pourtant, cette fois, elle pense qu'elle ne les a pas dénichés dans un de ses magazines. Non, ce sont les mots d'une femme qui a réfléchi à sa situation, qui a pris le temps d'y réfléchir, d'une mère qui a souffert et dû en rabattre, dû se résigner pour que le tourment se calme un peu. La raison ne lui est pas tombée dessus un beau matin, le consentement à la perte a été un chemin, et Françoise lui indique ce chemin.

Accepter les événements. Anne-Marie admire aussi le sens de la litote, l'atténuation qui s'est glissée dans cette expression. Pour faire avaler la pilule, il faudrait donc commencer par ne pas la nommer, ou par l'enrober de sucre. Si on s'en tient à une formule générale, à la fois abstraite et unanime, à la fois approximative et banale, alors l'abdication, peut-être, devient envisageable. Sauf qu'Anne-Marie n'en est pas là, pas du tout. Comment abdiquerait-elle ? Comment se résignerait-elle ?

Et d'ailleurs, elle ne le veut pas. Elle veut tenir bon les amarres, pas du tout les larguer. Elle veut que son fils soit encore une présence, d'une manière ou d'une autre, et pas ce point minuscule et tremblant dans le rétroviseur d'un Kangoo.

Donc, elle n'abdique pas : « En fait, c'est tout bête : mes enfants m'ont rendue heureuse. Maintenant qu'ils sont partis, qu'ils sont tous partis, est-ce que je suis condamnée à être moins heureuse ? »

Elle n'a pas hésité à employer les grands mots, les gros mots. Voilà qu'elle parle de bonheur (et pour la deuxième fois de la journée, en plus) ! Françoise, elle compte mettre quoi en face de ça ? Elle croit que son histoire de lâcher-prise fait le poids maintenant ?

Et, en effet, cette dernière ne peut masquer sa surprise et une sorte de gêne. Elle ne s'attendait pas à pareille déclaration. Anne-Marie, certes, se confie à elle régulièrement, mais enfin, les deux femmes, la plupart du temps, évoquent des sujets sans grande importance, ou, quand elles s'aventurent sur un registre plus intime, s'en tiennent à la surface des choses, se contentent d'allusions et de regards appuyés où s'exprime une connivence, pas davantage.

Il s'agit d'un accord tacite entre elles : on ne franchit pas les frontières de la pudeur, pas en paroles en tout cas. Question d'éducation, sans doute. De génération, peut-être. Il y a aussi que leur amitié, même si elle est ancienne, prend essentiellement la forme de barbecues dans le jardin, de dîners chez les uns, chez les autres (avant le divorce), de coups de téléphone, de signes de la main depuis la vitre de la voiture, ou depuis le carré de pelouse, ce sont avant tout des moments agréables, inconsistants, ordinaires, pas des séances de psychanalyse.

« Mais tu en connaîtras d'autres, des bonheurs ! À commencer par celui d'être grand-mère. Tu n'auras plus tout à fait tes enfants mais tu auras des petits-enfants. Moi, par exemple, depuis qu'Anthony m'a annoncé qu'il allait être papa, j'ai hâte. »

Anne-Marie pourrait se réjouir de cette perspective. En réalité, elle est consternée par l'argument de sa voisine. D'abord, elle ne s'imagine pas en grand-mère, les grands-mères sont des vieilles personnes. Ensuite, le temps que Julien comme Laura prennent pour assurer leur descendance lui convient tout à fait. Ils ont raison d'attendre, il vaut toujours mieux être sûr de soi. Et aussi bien sa belle-fille que sa fille placent pour l'instant leur vie professionnelle au premier plan : les jeunes femmes d'aujourd'hui ont d'autres priorités et ça n'est pas plus mal. Enfin, les petits-enfants ne remplacent pas les enfants. Même si on les aime, ils n'apportent pas les mêmes satisfactions, ne provoquent pas les mêmes frayeurs, ne procurent pas la même plénitude.

À voir la grimace de son amie, Françoise comprend qu'elle a visé à côté. Si elle en avait les moyens, elle expliquerait que vieillir n'est pas forcément une malédiction, que cela peut même être une consolation. Elle expliquerait également qu'une famille, ça se transforme, ça continue, et cependant ça reste cette chose qui tient chaud, qui rassure. Mais l'urgence commande car l'affliction est vraiment trop visible en face. Elle a intérêt à rectifier le tir fissa. « Bon, d'accord, ça n'est peut-être pas pour demain. Mais dis-toi que tu ne vas plus organiser ta vie en fonction de tes enfants. Franchement, combien de fois tu m'as dit que Théo était difficile à gérer et te bouffait ton énergie. Eh bien, maintenant, ça, c'est terminé et tu vas enfin avoir du temps pour toi. »

Anne-Marie se demandait quand cette phrase allait surgir. Cette phrase toute faite, prononcée sur le ton de l'évidence, afin que nul ne songe à la contester, presque proverbiale, à croire qu'elle se transmet de génération en génération. Cette phrase que tout le monde approuve, avec un air pénétré, parce qu'elle est porteuse de lendemains qui chantent, parce qu'elle promet la liberté, parce qu'elle ouvre le champ des possibles ; il serait déraisonnable de vouloir la contrer. Du reste, Anne-Marie n'y songe pas, admettant qu'elle n'est pas inexacte en théorie et se doutant qu'une remise en question de l'oracle ne serait pas comprise.

Mais, du temps, elle n'en veut pas pour elle, là, tout de suite. Le temps, elle aurait su quoi en faire avec le dernier enfant : elle aurait continué à le réveiller le matin, à l'appeler plusieurs fois pour le tirer du lit, elle lui aurait préparé son pain de mie grillé, elle l'aurait regardé partir au volant de sa voiture (pas depuis le seuil de la porte – il aurait détesté – mais planquée derrière un des rideaux de la cuisine), le soir elle lui aurait demandé des nouvelles de sa journée, de ses cours, de ses profs, de ses copains, tout ça, elle l'aurait traîné au centre commercial quelquefois et laissé filer le samedi soir, elle se serait agacée qu'il joue encore à ses jeux vidéo et qu'il oublie ses caleçons sur la moquette de sa chambre mais ces agacements auraient fonctionné comme une routine entre eux, elle aurait volontiers gardé des routines avec lui, elle aurait peut-être fini par l'interroger sur l'existence d'une petite amie, à partir d'un certain âge ce n'est plus de la curiosité mal placée, cela devient de l'attention, de l'intérêt, oui, elle aurait su remplir le temps avec lui.

Françoise poursuit sur sa lancée : « Tu vas pouvoir t'occuper de toi. Tu t'es un peu perdue de vue, non ? »

Qu'entend-elle par là ? Considère-t-elle qu'elle se néglige ? Certes elle ne fait plus sa couleur aussi souvent, une collègue au magasin lui a même fait remarquer qu'elle devrait mieux camoufler les cheveux blancs qui apparaissent au niveau de ses racines, mais c'était juste une fois et c'était pour plaisanter, certes elle ne masque pas ses ridules, elle n'a jamais non plus été adepte d'un maquillage outrancier (ça fait mauvais genre), certes elle n'achète pas de nouvelle robe tous les mois, parce qu'elle préfère patienter jusqu'aux soldes, et, dans tous les cas, elle s'emploie à offrir une mise impeccable, d'ailleurs le directeur la félicite régulièrement pour sa présentation. En rien elle n'est une femme qui se laisse aller, d'autant que l'âge – elle n'est pas stupide – l'oblige à faire un peu plus attention. Elle s'apprête à faire remarquer à Françoise que sa réflexion est injuste et déplacée quand cette dernière précise sa pensée : « Tu vas pouvoir lire davantage, sortir, voir plus souvent tes amis, aller au cinéma, vous n'y allez jamais, marcher, tu adores ça, projeter un voyage, te faire plaisir, quoi. »

Oui. Oui, évidemment. C'est vrai qu'elle ne serait pas contre lire davantage de romans, et surtout ne pas devoir lutter contre le sommeil pour avancer dans la lecture, pas contre aller dîner au restaurant, l'américain de ce midi lui a fait toucher du doigt qu'ils devraient s'accorder plus fréquemment cette entorse au quotidien, pas contre organiser des grandes tablées, ils faisaient ça quand ils étaient plus jeunes, d'un coup il y avait dix, quinze personnes à la maison et ça piaillait, ça s'exclamait, ça riait, ça trinquait, ça disait des bêtises, ça se tachait, c'était bien, et puis ces agapes se sont raréfiées, elle ne sait plus très bien pourquoi, mais libre à eux de recommencer, pas contre voir des films autrement qu'à la télévision, il faudra juste qu'elle force un peu Patrick, pas contre se lancer dans des balades, aller plus loin que le pont, pousser jusqu'à la forêt, il y a des sentiers très agréables, elle les pratiquait autrefois, pas contre planifier des vacances, elle sera bonne à cet exercice, dénicher les hôtels au meilleur rapport qualité/prix, les trains au meilleur moment, ils ne prennent jamais l'avion, mais avec tous ces vols low cost ils devraient peut-être y repenser, il y a tant de pays où ils ne sont pas allés, presque tous quand elle y songe, Patrick aime mieux rester en France, et le camping c'est sa marotte, et jusque-là ils devaient faire attention à l'argent mais maintenant, ils peuvent envisager les choses autrement, on lui a parlé du sud de l'Italie, du Maroc. Françoise n'a pas tort.

Sauf que, pour l'instant, tout lui paraît absolument inenvisageable, tout à fait hors de portée. Plus tard peut-être mais, dans l'immédiat, sa morosité l'empêche de tirer des plans sur la comète, c'est bien simple, sa morosité l'empêche même de se projeter jusqu'à demain, et quand elle dit demain, il ne s'agit pas d'une métaphore, il s'agit bien de demain lundi, elle n'a pas oublié qu'elle reprend le travail, comment oublier, pourtant curieusement ça lui semble très irréel, en tout cas lointain, oui c'est ça : lointain. Un peu comme le rivage quand on nage depuis trop longtemps : on décide de regagner la terre ferme, on en a l'intention mais on se découvre épuisé par la brasse, chaque mouvement est une épreuve, presque un calvaire, les bras font mal, le souffle est court, on n'avance pas, en dépit des efforts on n'avance pas, l'eau devient un pétrole dans lequel on s'englue. Elle sait de quoi elle parle, ça lui est arrivé un été, elle se baignait seule, Patrick et les enfants étaient étendus sur leurs serviettes, identifiables mais minuscules, elle s'est mise à mouliner et rien ne s'est passé, l'étendue persistait, ses jambes se sont affolées, et ça n'a pas aidé, elle a bu la tasse une ou deux fois, elle a même songé à appeler à l'aide mais elle a eu peur d'être ridicule et puis à cette distance on ne l'aurait pas entendue, elle s'est efforcée de se calmer, finalement elle a réussi à revenir, elle serait bien incapable d'expliquer comment, quand elle a posé le pied sur le sable elle était exténuée et elle avait l'impression que des heures s'étaient écoulées, eh bien, là, c'est pareil.

Françoise insiste : « Et puis tu n'es pas toute seule. » La réplique tire Anne-Marie de sa distraction.

Non, en effet, elle n'est pas toute seule. Elle a Patrick, un mari certes taiseux mais attentionné, un homme auquel elle n'a rien à reprocher, qui a toujours été là pour elle. Elle n'est pas à plaindre. Et Françoise le lui fait remarquer, à sa manière : « Moi, je n'avais personne, je te rappelle, quand Anthony est parti. » Et son visage s'assombrit au souvenir de cette séparation jamais guérie. Il est exact que son divorce venait d'être prononcé, un divorce qui ne s'était pas fait à l'amiable, parfois les couples qui offrent l'apparence de l'harmonie et de la solidité se fracassent dans des conditions sordides, on prétendait s'entendre comme larrons en foire et on se reproche des années d'agacements réciproques, de frustrations tues, de lassitude accumulée, on ne disait pas un mot plus haut que l'autre et on s'envoie des noms d'oiseaux à la figure, on se faisait confiance et on en arrive à compter les petites cuillers, on clame qu'on sera magnanime et on n'a de cesse que l'autre boive le calice jusqu'à la lie. Et, après cette épreuve, elle avait dû en endurer une deuxième, l'émancipation de son fils. Elle se souvient parfaitement des semaines, des mois de déréliction qui s'étaient ensuivis, elle s'était sentie abandonnée, comme mise en quarantaine, et privée de tout secours. Elle se souvient de la pente qu'elle avait dû remonter. Eh bien, elle l'avait remontée. Alors Anne-Marie, qui a toujours son mari pour lui tenir la main, devrait y parvenir sans difficulté. Il ne faudrait pas qu'elle chouine trop non plus, ce serait indécent.

« On ne passerait pas au salon ? » La proposition surprend Françoise mais elle l'accepte volontiers. Les deux femmes se déplacent jusqu'au canapé. Anne-Marie en profite pour jeter un œil à la pièce, qu'elle connaît pourtant par cœur, mais c'est, pour elle, un moyen de poursuivre sa diversion car elle a bien perçu la réprimande sous-jacente de sa camarade. Sur une étagère, elle repère les CD de Michel Sardou et de Céline Dion (Françoise aime les « chanteurs à voix »), sur une autre une bougie qu'elle lui a offerte, conservée précautionneusement (« je ne vais pas l'utiliser, c'est un cadeau »), des bibelots divers, sans valeur (mais que Françoise a « trouvés jolis sur le moment et puis ils me rappellent les endroits où je les ai achetés »), presque pas de livres en revanche (elle « préfère les magazines », d'ailleurs un *Télé 7 Jours* traîne à portée de main), des photos de son fils encadrées (« là, c'est le jour où il a eu son bac », mentionne-t-elle régulièrement, oubliant qu'elle l'a déjà dit, à l'évidence ce jour est ancré dans sa mémoire, peut-être parce qu'il marquait, sans qu'elle le soupçonne alors, une césure, le début de la fin), à côté des étagères un bar où elle renferme ses apéritifs (elle n'est jamais contre un petit martini), plus loin une bonnetière où s'accumule de la vaisselle (elle n'a jamais su résister à un nouveau service de table, c'est son péché mignon et « c'est bête, tu me diras, puisque je ne m'en sers jamais »), sur le buffet de la salle à manger, dans le prolongement, une coupe de fruits mais sans fruits ; une vie en somme, une vie qui n'a rien de méprisable, qui se tient, qu'Anne-Marie ne juge pas, qui serait-elle pour la juger, la sienne serait-elle plus flamboyante ?

« Au fait, tu ne m'as pas dit, ça va comment, à La Poste ? » La question lui est venue tandis qu'elle contemplait les objets, le mobilier. Elle a pensé : peut-être vaut-il mieux une conversation sur le trivial, le quotidien, sur le cours normal de l'existence. Par ailleurs, elle s'est montrée très impolie depuis qu'elle est arrivée, elle s'en rend compte seulement maintenant : pas une fois elle n'a demandé à Françoise comment elle allait, il est plus que temps de réparer son impair. Qui plus est, le confort du canapé y invite et s'y prête.

« Écoute, rien de neuf, la routine. Sauf qu'ils parlent encore de nous changer les horaires, ils veulent augmenter les plages d'ouverture au public. » Et elle se met à déplorer qu'ils soient de plus en plus une entreprise commerciale : « Il faut cracher du fric, tu comprends. » Elle regrette le temps d'avant, où les gens faisaient la queue sans faire d'histoires, venaient poser ou retirer de l'argent sur leur livret, leur Codevi, acheter un carnet de timbres, poster des lettres, échanger les derniers cancans, où tout le monde se connaissait, tout ça c'est bien fini, d'abord personne n'écrit plus, ensuite des machines fournissent ce dont on a besoin, « il n'y a plus de contact humain, il n'y a plus que des gens pressés ou énervés ». Elle est intarissable sur le chapitre. Cependant, si aujourd'hui elle se montre particulièrement prolixe, c'est pour que tout ne tourne pas autour de Théo, du départ de Théo, et de la tristesse de sa mère. Elle se doute bien qu'Anne-Marie n'écoute ses divagations que d'une oreille distraite, mais au moins espère-t-elle que ce bavardage la divertit.

Du reste, quel autre sujet pourrait-elle dénicher afin de lui changer les idées ? Le salon de coiffure. Logique. Encore un passé qu'on assassine. « Au fait, tu as vu que Martine arrête son salon ? Elle n'a plus assez de clientes. » C'est ainsi désormais : les commerces de centre-ville ferment les uns après les autres, plus assez de rentrées d'argent et ils mettent la clé sous la porte, ou les propriétaires ne trouvent personne pour racheter leur fonds quand ils partent en retraite, de toute façon les gens vont faire leurs courses au centre commercial, ils ont tout sous la main et c'est moins cher, il ne faut pas s'étonner. Anne-Marie se demande soudain si sa vie n'est pas à l'image de ces centres-villes qui meurent. Elle se demande si son destin n'est pas de vieillir dans une zone pavillonnaire, à l'orée d'une ville qui s'étiole. Elle ne peut réprimer un haut-le-cœur. Françoise n'a-t-elle rien d'autre à raconter ? Franchement ? « Oui, c'est triste, concède-t-elle. Bien triste. » Et son regard s'aveugle à nouveau.

Françoise va monologuer désormais. Et Anne-Marie se contentera d'acquiescer mollement. L'une sait que l'autre ne peut s'empêcher de ressasser, c'est plus fort qu'elle. L'une est le réceptacle du découragement et de l'anxiété de l'autre, et l'accepte. Elle l'accepte en parlant de tout et de rien, de l'automne qui pointe le bout de son nez, de l'essence qui va encore augmenter, ils l'ont dit dans le journal, d'un tremblement de terre à l'autre bout du monde, elle parle dans le salon qui tangue, entre les CD de Michel Sardou et les photos d'Anthony en bachelier tandis qu'Anne-Marie lui objecte un sourire figé.

# 8
# Patrick

Quand elle regagne son domicile, il n'est pas loin de dix-huit heures et Patrick en a fini avec ses travaux imaginaires dans le garage. Désormais, il tente de résoudre l'énigme de l'éclairage automatique de la pelouse. Ils l'ont fait installer il y a quoi, deux ans ? on leur a assuré que c'était épatant, que les détecteurs de mouvement étaient des mécaniques de précision, moyennant quoi les lumières s'éteignent et s'allument parfois de façon capricieuse. Anne-Marie a bien signalé à son mari qu'il n'y connaissait à peu près rien en électricité et qu'ils feraient mieux de rappeler l'installateur, Patrick a décrété (une fois de plus) que ça ne devait pas être si compliqué avant d'avancer un argument définitif : « Et puis c'est plus sous garantie, ça va nous coûter un bras si on demande au type de venir. »

Elle dit : « Tu veux de l'aide ? » La question est rhétorique et relève de la formule de politesse, Anne-Marie voyant mal en quoi elle pourrait s'avérer du moindre secours mais ce sont des phrases qu'on prononce, entre gens de bonne compagnie, lorsqu'on entend soutenir l'autre dans son effort quand bien même on ne dispose pas réellement des compétences nécessaires. C'est cet élan qui l'a guidée. Cette habitude.

Il dit : « Je vais me débrouiller, merci. » La réponse était prévisible et relève, elle, du réflexe pavlovien, Patrick préférant, presque en toutes circonstances, faire les choses à sa manière, souvent convaincu par ailleurs qu'il est le seul à pouvoir les faire. Le merci n'est qu'une façon d'adoucir le refus. C'est aussi le signe que, malgré sa rugosité, il demeure un homme bien élevé.

D'ordinaire, Anne-Marie n'accorderait aucune attention à leur échange mais aujourd'hui, elle se demande si leur existence commune tient, entre autres, dans des formules passe-partout et des réflexes pavloviens.

Aussi, quand elle rentre dans la maison, se poste-t-elle derrière le rideau de la cuisine pour observer son mari. Au fond, il était déjà comme ça quand elle l'a rencontré, serviable et obstiné. Il avait même déjà cette allure. Certes, les années l'ont alourdi mais pas tant que ça : la silhouette est reconnaissable entre toutes, cette charpente, la rondeur des épaules, la puissance des cuisses. Si le visage s'est creusé, si les traits se sont burinés, l'expression, elle, n'a pas changé. Et le regard évidemment est intact, un regard clair et franc. La seule différence est qu'il lui faut désormais porter des lunettes pour y voir de près, il en a besoin quand il remplit la paperasse à la maison, quand il signe des documents au magasin, il refuse de les accrocher autour de son cou avec un cordon, il dit que ça fait vieux, il se contente de les sortir de la poche de son veston.

Elle se répète qu'elle a eu de la chance. Il y a des maris volages, des maris violents, des maris qui s'en vont, il y a tout simplement des maris qui glissent peu à peu dans l'indifférence, qui restent parce que c'est comme ça. Lui non. Il ne l'a pas trompée (pas qu'elle sache, en tout cas – mais elle ne l'imagine pas une seconde, de toute façon ; il y faudrait une audace, une duplicité dont il est dépourvu). Pas une fois il n'a levé la main sur elle (elle aurait fichu le camp dans la seconde, elle se connaît, elle est au courant que des femmes sont incapables de quitter le domicile conjugal, elle n'aurait pas hésité, pourtant elle n'est pas spécialement féministe, pas spécialement courageuse, mais ça aurait été une ligne rouge, un point de rupture, aucun doute dans son esprit). Il n'a même quasiment jamais élevé la voix (et pourtant, il perd son calme quand les choses lui résistent, principalement les choses matérielles, une tondeuse, une porte de placard, mais la colère ne s'est jamais exprimée contre elle, ils ont eu des agacements, des frottements, des chamailleries, parfois même de courtes brouilles, mais pas davantage et ça arrive dans tous les couples, non ?). Jamais ils n'ont envisagé de se séparer (l'idée ne leur a même pas traversé l'esprit, ou alors comme un regret, le regret d'une autre existence possible ; et s'ils avaient fait un autre choix ? s'ils avaient rencontré quelqu'un d'autre ? si le hasard avait distribué les cartes autrement ? mais ça ne durait pas, c'était fugace). Et Patrick n'a jamais manifesté de détachement, de désintérêt (on raconte que certains hommes deviennent négligents, atones. Lui n'a pas cessé d'être actif, présent. S'il n'est pas extraverti, il n'a jamais sombré pour autant dans l'indolence).

Avec ça, il a été un bon père. D'abord, c'est lui qui a voulu le premier enfant. Ce n'est pas si courant. Anne-Marie, elle, était toute disposée à patienter encore un peu, elle était si jeune, vingt-deux ans, elle disait : on a le temps et il lui objectait : mais puisqu'on est ensemble et qu'on va rester ensemble, ça sert à quoi d'attendre ? Cela semblait du bon sens. Sauf que ses amies murmuraient à Anne-Marie qu'un homme qui insiste autant est un homme qui a peur de perdre sa femme et qui fait le pari qu'un enfant l'attachera à lui. Elle a refusé de les écouter. D'abord c'était très méchant de proférer des horreurs pareilles, et Patrick on ne pouvait pas le soupçonner d'être tordu ou de ne pas avoir confiance en lui. Les mêmes amies lui ont ensuite conseillé de se poser une question simple : était-elle certaine de vouloir passer sa vie avec ce gars-là ? Elle a répliqué qu'ils s'aimaient, il ne s'agissait pas d'une passade, d'une toquade, d'ailleurs le temps ne lui a-t-il pas donné raison ? Et c'est probablement parce qu'on mettait en doute l'ingénuité et la sincérité de leur relation qu'elle a consenti à faire un enfant. Il fallait qu'elle leur prouve, à ses chères amies, qu'elles se trompaient. Cela peut paraître une raison légère pour tomber enceinte, elle l'admet, mais il y a eu de ça dans son acceptation prématurée, précipitée de la maternité.

Quand Julien est né, tous les doutes ont disparu : rien n'a plus compté que l'enfant. Elle s'est rendu compte – et ça a été faramineux – qu'elle était faite pour être mère, absolument faite pour ça, et a béni les dieux d'avoir franchi le pas si vite. Elle y a trouvé un éblouissement, un enchantement dont elle ignorait même qu'ils existaient. Elle a découvert ce que signifiait l'épanouissement, l'harmonie. Bien entendu, ça n'a pas été facile tous les jours, avec les biberons, les réveils en pleine nuit, les couches, les bobos aux genoux, les pleurs, les crises et le reste mais la béatitude dont elle était dorénavant armée lui a permis de traverser les premiers mois et toutes les années qui ont suivi sans encombre.

Et Patrick a été un compagnon sûr dans cette aventure. Bon, il lui déléguait volontiers les tâches ingrates, mais comme beaucoup de pères à cette époque. En revanche, son amour pour son fils d'abord, pour les deux autres ensuite, était patent. Un amour empli de fierté et même de crânerie, disons-le. Et surtout, c'est Patrick, il faut le signaler ça aussi, qui a assumé la fonction de chef de famille, lui qui a fait bouillir la marmite, lui qui a sué sang et eau pour gravir les échelons, de simple vendeur à chef de rayon, pour obtenir un meilleur salaire, pour s'assurer que les siens ne manquent de rien. Anne-Marie ne l'a pas oublié. Elle sait ce qu'elle et ses enfants lui doivent.

C'est à ça qu'elle pense en le regardant s'acharner sur un des éclairages du jardin. À ça, et au fait que désormais, la vie va se résumer à elle et lui.

Elle pourrait en être, sinon comblée, au moins contente. Combien de fois ont-ils clamé que les enfants c'est bien sympathique, on les adore mais quand même ça prend toute la place alors vivement qu'ils s'en aillent pour qu'on puisse souffler et profiter ? Combien de fois ont-ils laissé entendre qu'ils avaient hâte de cesser d'être des parents pour redevenir des époux, parce que bon, hein, on a le droit de penser à nous aussi, pas vrai ?

Sauf que voilà, c'est maintenant, c'est tout de suite et elle n'est pas certaine de se rappeler comment on fait.

D'abord, est-ce qu'ils savent encore ce que c'est : être un couple ? On s'oublie, on s'efface, on se dilue, quand on est parents. On se consacre entièrement à ses enfants, on agit en fonction d'eux, on organise son emploi du temps en fonction d'eux, on prévoit les déplacements, les week-ends, les congés en fonction d'eux, que reste-t-il pour le couple, pour les tourtereaux qui se sont trouvés un jour et se sont promis d'être toujours là l'un pour l'autre ? Pas grand-chose, honnêtement. Presque rien. Des interstices.

Et voilà que cette occupation, cette obsession, parfois assommante mais globalement rassurante, est remise en cause et qu'il va bien falloir changer de façon de faire, « repenser son rôle », comme on le mentionne dans les magazines de Françoise. Comment on repense son rôle ? Ils l'expliquent, dans les magazines ? Ils fournissent un mode d'emploi ?

Et puis, pendant ces années, qu'on le veuille ou non, on a mis à l'arrière-plan la relation amoureuse au profit du rapport filial. On s'aime toujours, oui, mais sans démonstration, sans ostentation. La vérité, c'est que les épanchements et les gestes tendres sont pour les gamins. Les déclarations, les émois, les inquiétudes : pareil. La sexualité s'étiole aussi, la libido en prend un coup, il faut bien le reconnaître. Le désir, il faut aller le chercher. Les gamins n'y sont pour rien, c'est plutôt une question de fatigue ou d'âge, mais disons qu'on s'en accommode plus facilement parce qu'ils sont là, on songe : ce n'est pas grave, on a d'autres satisfactions.

Et voilà qu'ils vont se retrouver face à face, Patrick et elle. Sauront-ils se débrouiller avec une intimité pareille ? Réapprendre à se parler, juste eux deux, sans témoin, sans personne ? Trouver des sujets de conversation en évitant ceux qui fâchent ? Se remémorer ce qui les a poussés l'un vers l'autre, il y a si longtemps, en s'épargnant la nostalgie qui blesse ? Renouer avec ce qui fut eux ou plus sûrement inventer une nouvelle communion car il y a fort à parier qu'on ne reprend pas les choses là où on les a quittées ? Donner une nouvelle consistance à leur attachement ? Ne risquent-ils pas de se contenter de leur camaraderie ? Après tout, ce n'est pas honteux de vivre en bonne intelligence.

*Le dernier enfant*

Franchement, Anne-Marie n'a pas les réponses à ces questions et, pour être honnête, ça la terrorise.

Dans ces conditions, est-ce qu'ils ne devraient pas changer d'air ? Il est peut-être temps de se débarrasser de la maison, d'aller habiter ailleurs. Ils en ont parlé quelquefois sans jamais mettre à exécution leur tentation. Soit ils n'avaient pas les moyens de leur projet et répugnaient à se coller un crédit sur le dos, soit la tâche leur semblait trop gigantesque, empaqueter tant d'années, déplacer une famille, imposer aux enfants une autre école, un autre lycée. Et si maintenant c'était le moment ? Ils peuvent revendre à bon prix. Et, de toute façon, c'est devenu trop grand ici, ils n'ont plus besoin de quatre chambres, et un déménagement ce sera l'occasion de balancer les vieilleries et elle aurait moins de ménage à faire. Mais surtout, si le décor n'est plus le même, alors il sera plus simple d'imaginer un nouveau départ. Elle ne sera pas ramenée en permanence à son passé, à ses enfants, à Théo. Il n'y a que des avantages. Bien sûr, quitter cet endroit sera un crève-cœur, elle y a été heureuse, elle y a ses repères, elle aime son jardin et ses géraniums, mais elle trouvera d'autres repères, fera pousser d'autres géraniums.

À l'instant où elle commence à se réjouir de cette perspective, la porte s'ouvre, c'est Patrick qui a dû venir à bout de ces satanés détecteurs de mouvement ou renoncé à les réparer. Il a à peine le temps de s'essuyer les pieds sur le paillasson qu'elle se porte à sa hauteur : « Et si on vendait le pavillon ? », lance-t-elle avec un enthousiasme qu'il ne lui a pas vu depuis longtemps. Il est interloqué, il y a de quoi, il pourrait s'étonner de sa proposition, lui demander une explication, mais sa réponse fuse : « T'es folle ou quoi ? »

Une réponse qui la laisse sans voix. Elle est toute disposée à admettre que sa requête était abrupte, insoupçonnable, déroutante mais ne s'attendait pas à ce qu'elle soit balayée ainsi, d'un revers de main, sans même qu'il daigne y réfléchir et en des termes un peu saumâtres. Elle marque un léger mouvement de recul et, dans son visage, la stupeur est visible. Lui, aussitôt, comprend qu'il a été maladroit, peut-être même inélégant dans sa formulation et que, sur le fond, il aurait dû accepter d'en discuter, ne serait-ce que pour pointer l'emballement de son épouse, contrer ses arguments, la ramener à la raison. Cependant, plutôt que de balbutier une vague excuse, de mimer la contrition, il préfère s'attaquer au cœur du problème, à quoi servirait de tourner autour du pot : « Ça te fait un peu dérailler, le départ de ton fils, non ? » Il ajoute un sourire de connivence afin qu'elle perçoive la bienveillance de sa moquerie et se rallie à son analyse. Anne-Marie baisse aussitôt les yeux, vaincue.

Patrick l'a facilement percée à jour. Bien sûr que cette histoire de maison qu'il faudrait vendre toutes affaires cessantes cache un dérèglement. Elle n'est pas bête, et lui non plus, ils savent tous les deux que se joue quelque chose de plus grand dans l'envol de leur dernier enfant : la culpabilité immémoriale, la tristesse tout aussi immémoriale de l'abandon, la peur de la solitude, du vide, le sentiment d'inutilité, la difficulté à renouer avec une vie à deux, à s'en contenter, l'impossibilité de se projeter, la terreur du vieillissement. Tout ça.

Tout ça.

Patrick se dit qu'il lui revient de consoler sa femme, de la rassurer aussi. Mais il n'est pas très doué pour ce genre d'exercice. D'ailleurs, il s'y prend mal : « Tu verras, il t'arrivera de ne plus penser à lui certains jours. » Peut-on tenir propos plus sacrilèges ?

Ne plus penser à son fils tous les jours ?! Ne pas se demander ce qu'il est en train de faire, à toutes les heures du jour ? Avant, c'était simple, elle avait son emploi du temps. Désormais, ça va la rendre folle. Ne pas se demander s'il a bien dormi, bien mangé ? Ne pas redouter que sa jeunesse ne lui fasse prendre les mauvaises décisions ? Que sa nonchalance ne lui fasse prendre du retard ? Son mari a perdu la tête, tout bonnement perdu la tête.

« Je me ferai toujours du souci pour lui, toujours, qu'est-ce que tu crois ? » La phrase a été prononcée comme une sentence. Croit-il qu'un enfant serait comme un interrupteur qu'on allume et qu'on éteint, comme son maudit éclairage de jardin qui ne s'actionne que si on passe à proximité ? Sur quelle planète vit-il ? Se peut-il qu'il méconnaisse à ce point celle dont il partage la vie depuis presque trois décennies ?

# 9
# Le dehors

Elle dit : « Je vais faire un tour » et Patrick ne bronche pas.

Maintenant, elle remonte l'allée de tilleuls, frôle leur écorce crevassée, ne prêtant pas attention aux feuilles qui commencent à tomber, à ces cœurs morts qui jonchent le bitume. Elle marche d'un pas vif, tout en inspirant, expirant, comme on le commande aux victimes de crises de panique. Elle respire à pleins poumons l'air du dehors, l'air du soir des étés qui fichent le camp. Petit à petit, elle retrouve un souffle régulier et peut alors ralentir l'allure.

Dans l'allée, personne, même pas un voisin qui promènerait son chien, ou la jeune femme du 26 qui généralement fait son jogging à cette heure-ci, ou les gamins du 43 qui tapent pourtant dans un ballon dès qu'ils ont un moment de libre, pas âme qui vive. Beaucoup ont même déjà clos leurs volets alors qu'il fait encore jour. Ils savent qu'ils ne ressortiront plus et bientôt il sera temps de préparer le dîner.

Au croisement, elle prend à gauche dans la rue Vincent-Auriol. Là aussi, c'est le calme qui domine. Tous les rideaux des magasins sont baissés, évidemment. Seul le bar-PMU est ouvert, il n'y a pas d'heure pour venir acheter un paquet de cigarettes ou s'enfiler un dernier verre de blanc. Des éclats de voix s'en échappent, qui s'étiolent rapidement. Elle marque le pas et jette un coup d'œil vers la devanture mais le patron est en grande conversation, il ne la remarque pas. Elle reprend sa foulée.

Pour se demander aussitôt quand ils viendront réparer cette crevasse dans la route. Des mois que les automobilistes se plaignent, Patrick le premier, des mois qu'on leur promet une intervention de la voirie et rien ne se fait. Elle constate que, lorsqu'on vit comme eux, un peu à l'écart, de toute façon, on n'est jamais prioritaire.

Elle longe le stade municipal, une construction des années 60 quand la ville misait sur l'expansion et que l'équipe de foot espérait monter en deuxième

*Le dernier enfant*

division. Un mastodonte de béton, hideux, presque laissé à l'abandon. La pelouse n'est plus entretenue, l'éclairage ne marche plus. L'endroit ne sert que lorsque la mairie y organise des vide-greniers. Anne-Marie se souvient des clameurs de jadis. Elle était une enfant. Les clameurs se sont tues.

Et précisément, tandis qu'elle chemine, ça lui tombe dessus alors qu'elle aurait préféré que non, d'autres souvenirs lui reviennent, ceux des dix-huit années avec Théo, forcément. Forcément. Elle rembobine le film, et les images se mettent à défiler, se télescopent dans sa tête, des images anciennes, comme des diapositives de mauvaise qualité, et d'autres plus récentes, comme des flashs aveuglants, elle se dit : mon Dieu, des milliers de jours, des milliers de petits déjeuners ensommeillés, des centaines de fois la rondeur de ses joues sous mes baisers, avant que des années plus tard un duvet n'y apparaisse, la force de mon étreinte autour de sa douceur d'abord, de sa maigreur ensuite parce qu'il avait grandi trop vite, des centaines de fois où je serrais sa main quand il la glissait dans la mienne sur le chemin de l'école, où je l'écoutais distraitement me raconter sa journée sur le chemin du retour, où, revenus à la maison, je lui faisais réciter ses leçons, et toutes ces fois où je ne devais surtout plus être vue avec lui, des centaines d'œillades réprobatrices tandis qu'il s'apprêtait à commettre un nouveau forfait, le haussement de ma voix en réplique à son indocilité, mon découragement devant son énergie, mon découragement devant sa flemmardise, mes accès de lassitude, ses prises de distance, des milliers de soirs où je préparais à manger en écoutant des chansons à la radio et en jetant des coups d'œil dehors, où je m'assurais qu'il termine bien son assiette, où je montais vérifier qu'il trouve le sommeil, où je déposais un baiser sur son front avant qu'il m'intime l'ordre de renoncer à ce cérémonial, des centaines de nuits où il occupait mes rêves, mes pensées, sans que jamais j'en fasse état, tant de fois ces instants ordinaires, magnifiques, inconsistants ; pulvérisés en un seul dimanche.

Et aussi les étés à la plage, lui et moi marchant côte à côte sur le sable ou riant de bon cœur, ces moments rares ; vaporisés.

Anne-Marie chasse les images qui l'attendrissent et la tourmentent à la fois comme on chasse un insecte qui vole trop près du visage et se retrouve aux abords du pont. Là non plus, personne. À se demander où sont passés les gens et pourquoi ils n'ont pas eu envie de profiter de ce reliquat de douceur. L'automne va débouler, ils auront des regrets, ça ne fait pas un pli.

Elle a toujours aimé cet ouvrage en pierre de taille qui date du XVIII$^e$ à ce qu'on lui a dit. En contrebas, dans le plateau calcaire, la rivière a creusé, il y a très longtemps, un ravin et le pont était alors le seul moyen pour passer de l'autre côté. Aujourd'hui, en aval, une construction récente permet cet accès et le vieux pont de pierre n'est plus qu'une attraction et un lieu de promenade.

S'approchant du parapet, elle contemple la rivière, son flot tranquille et régulier, ses eaux qui miroitent dans le dernier soleil du jour. Inévitablement, sa rêvasserie la ramène à Théo, « ton fils », ainsi que le répète Patrick, comme si lui n'avait pas de lien de parenté avec le désigné. Cela dit, elle reconnaît qu'il a toujours été un peu plus son fils à elle. Les mères quelquefois – les mères souvent – ont cette prééminence. Est-ce qu'il faudrait s'en offusquer ?

Pourtant, elle ne souhaite pas être rattrapée par les épisodes de la journée : l'apparition de son fils dans le matin et sa beauté extravagante, la virée dans le

Kangoo et leurs avant-bras qui se touchaient, le bruit de ses efforts tandis qu'il gravissait les marches de l'escalier les bras encombrés de cartons, sa curiosité attentive tandis qu'elle lui révélait les secrets de sa naissance, la vision insoutenable dans le rétroviseur, la désolation du parking dans la zone commerciale, les coups de fil aux aînés comme des bouteilles à la mer, l'affection touchante et vaine de Françoise, le silence éloquent de Patrick ; elle tient à se dégager de la circonstance pour en revenir à l'essentiel.

Elle songe : je n'ai pas vu qu'il était devenu grand. Non, elle n'a pas vu qu'il changeait, qu'il allait lui échapper, qu'il ne pouvait en être autrement. Ce n'est pas qu'elle ait refusé de voir, son aveuglement n'a pas été conscient, elle n'en a pas fait une décision, ça s'est produit, c'est tout. Et quand elle s'en est rendu compte, il était trop tard.

Elle songe : jamais les jours heureux ne reviendront. C'est fini, il n'y aura plus ce contentement, cette plénitude, plus cette certitude d'être absolument à sa place, dans son rôle, plus cette conviction têtue que chacun donne un sens à sa vie et qu'elle avait trouvé le sien et qu'elle l'a perdu. D'ailleurs, c'est bien simple, cette liberté retrouvée qu'on lui promet, elle la trouve dégoûtante.

Presque sans s'en apercevoir, Anne-Marie enjambe le parapet, le geste lui a semblé si naturel, si évident, si facile, elle s'y assoit, ses jambes pendent dans le vide. Elle se penche vers le ravin, l'eau a l'air si fraîche, elle est si claire, elle lui fera du bien, il suffit d'avancer un peu et de se laisser glisser. Elle ferme les yeux.

Et au moment où le vide l'appelle, une main la retient, une main s'accroche à son bras et la retient. Patrick est là, juste à côté, il l'a suivie quand elle a quitté la maison, cette escapade lui a paru un peu bizarre, il connaît sa femme, il sait qu'elle peut être anxieuse quelquefois ou découragée ou fatiguée mais elle n'est pas sujette au désespoir, elle ne sombre pas, et là, il lui a semblé qu'elle filait vraiment un mauvais coton, il a voulu en avoir le cœur net, il a bien fait.

Il a deviné ce qui la mine et il est venu lui dire que les épreuves, on les surmonte toujours, même celles qu'on croit insurmontables, surtout celles-là. Elle a bien surmonté la mort de ses parents dans le plus bel âge, elle a surmonté la terreur ressentie quand son fils luttait à l'hôpital, elle surmontera son effacement. Il est tout disposé à admettre que la souffrance puisse être aussi vive, qu'on puisse être bouleversé, ravagé par l'émancipation de son enfant autant que par une disparition définitive, il ne rigole pas avec ça, il ne fait pas de hiérarchie, mais il croit que cette souffrance, comme les autres, on la calme, on la guérit. Il est venu lui dire que quelque chose les attend, elle et lui, une chose peut-être frugale et dérisoire, mais qui n'appartiendra qu'à eux et qui les tiendra vivants.

Sauf qu'il n'est pas fortiche avec les mots. Alors il se contente de regarder sa femme, de la prier du regard de revenir du bon côté, sans lui adresser le moindre reproche, sans lui demander le moindre compte, comme s'il n'avait pas vu les jambes dans le vide et les yeux fermés. Doucement, elle acquiesce, s'arrache au parapet. Quand elle se relève, il l'enlace.

Et finalement, sur le pont de pierres blondes, dans le soir qui arrive, il en trouve, des mots, simples et sublimes.

Il dit : « Allez, viens, on rentre. »